Anne-Laure Bondoux

Das Glück ist nicht immer gerecht

Roman

Aus dem Französischen von
Maja von Vogel

dtv

Ausführliche Informationen über
unsere Autoren und Bücher
www.dtv.de

MIX
Papier aus verantwortungsvollen Quellen
FSC® C019821
FSC
www.fsc.org

Deutsche Erstausgabe
2016 dtv Verlagsgesellschaft mbH & Co. KG, München

Titel der französischen Originalausgabe: ›La vie comme elle vient‹,
2004 erschienen bei l'école des loisirs, Paris

Umschlaggestaltung: buxdesign, München, und Carla Nagel
Bild: Plainpicture
Gesamtherstellung: Druckerei C.H.Beck, Nördlingen
Gedruckt auf säurefreiem, chlorfrei gebleichtem Papier
Printed in Germany · ISBN 978-3-423-71690-1

Für Coline und Tom.
Für das Team der Entbindungsstation von
Villefranche-de-Rouergue
und für Anne-Marie M.,
die so gut darin ist,
Babys auf die Welt zu helfen.

1. KAPITEL

Ich beobachte Patty beim Kaugummikauen. Ihr Mund öffnet, schließt und verzieht sich. In der Stille der Wohnung zeigt das schmatzende Kaugeräusch die vergehende Zeit an wie das Ticken einer Uhr.

Sie sitzt auf dem Sofa, ein Bein unter dem Po, das andere auf dem Couchtisch. Um mich nicht zu stören, hat sie die Kopfhörer an den Fernseher angeschlossen. Sie starrt auf den Bildschirm und wartet darauf, dass ihr Nagellack trocknet. Das Fläschchen steht auf dem Tisch, neben ihren Zehen mit den hellblau lackierten Nägeln. Patty nimmt niemals roten Nagellack wie alle anderen. Sie findet Rot blöd. Überhaupt macht Patty praktisch nichts wie alle anderen.

Von meinem Platz aus kann ich den Fernseher nicht sehen. Was schaut sie sich mitten am Nachmittag nur an? Ich forsche in ihrem Gesicht nach einem Hinweis, einem Ausdruck, ob es sich um eine witzige Komödie oder um einen Dokumentarfilm über die Ming-Dynastie im alten China handelt, aber Pattys Gesicht bleibt unergründlich. Die Piercings in ihren Ohren klirren bei jeder Bewegung ihres Mundes. Ticktack, klirr-klirr. Sie ist ein faszinierender Mechanismus. Woran denkt sie? Denkt sie überhaupt an irgendwas?

Manchmal frage ich mich, ob Patty nicht vielleicht unter Gehirnschwund leidet.

Ich strecke mich, um meine Träumereien zu beenden, und wende mich wieder meinen Unterlagen zu. Auf dem Küchentisch liegen Schulbücher und Arbeitsblätter wild durcheinander. Arbeitsblatt Nr. 21: *Die Streitkräfte im Ersten Weltkrieg: Im Sommer 1914 stehen sich 170 Divisionen der Alliierten und 150 deutsch-österreichische Divisionen gegenüber.*

Patty lässt eine Kaugummiblase platzen.

In Deutschland verkündet der Kaiser seinen Truppen: »Ihr werdet wieder zu Hause sein, ehe noch das Laub von den Bäumen fällt.«

Patty lässt noch eine Blase platzen. Ich seufze. Die Zeilen von Arbeitsblatt Nr. 21 tanzen vor meinen Augen. »Ehe noch das Laub von den Bäumen fällt«, hat der Kaiser zu seinen Soldaten gesagt. War das ehrlich gemeint oder hat er vergessen zu ergänzen: »ehe noch das Laub *in vier Jahren* von den Bäumen fällt«?

Ich kaue auf meinem Stift herum. Wie es sich wohl anfühlt, in den Krieg zu ziehen? Ich stelle mir einen Bahnsteig vor, auf dem sich lauter Männer in nagelneuen Uniformen drängen, einen Zug, der anfährt, als würde er sie ans Meer bringen, in die Ferien, nur dass dieses Mal am Ziel der Matsch der Schützengräben, Ratten, der Feind und der Tod warten.

Patty lässt die dritte Blase platzen. Das nervt mich, aber ich sage nichts. Ich höre lieber Kaugummiblasen explodieren als Bomben.

Komm schon, Mado, hör auf rumzufantasieren. Alles, was

du wissen musst, sind die Ereignisse, die Namen und die Jahreszahlen. Konzentrier dich!

In vier Tagen beginnen die Abschlussprüfungen am Collège und ich muss unbedingt gut abschneiden. Der Vormundschaftsrichter hat sich in diesem Punkt sehr klar ausgedrückt: Mein schulischer Erfolg ist die unverzichtbare Voraussetzung. Wenn ich durchfalle, steht alles auf dem Spiel: mein Leben mit Patty, die Wohnung, die Ferien, die Grundlagen unserer Vereinbarung. Während unseres letzten Gesprächs vor acht Monaten hat er Patty eindringlich ins Gewissen geredet.

»Das Amt eines Vormunds ist nicht leicht und sehr verantwortungsvoll«, hat er ihr erklärt. »Sie müssen Ihre Schwester so gut wie möglich unterstützen, ihre Noten im Auge behalten, ihr beim Lernen helfen, Stress von ihr fernhalten und darauf achten, dass sie pünktlich ins Bett geht. Wenn Mado Dummheiten macht, sind Sie nach dem Gesetz dafür verantwortlich. Bei den geringsten Schwierigkeiten werden wir die Bedingungen der Vormundschaft noch einmal überdenken.«

Patty hat genickt und alle Papiere unterschrieben, die ihr vorgelegt wurden. Dann hat sie dem Richter ein Kaugummi angeboten, »um die Sache zu feiern«. Er hat sich einen der knallgrünen Streifen genommen, weil er kein zimperlicher Typ ist. Doch als ich ihn seufzen hörte, wusste ich, dass er seine Zweifel hatte. Ich habe ihm aufmunternd zugelächelt. Meine große Schwester sieht zwar nicht aus wie die ideale Erziehungsberechtigte im Sinne des Gesetzes, aber wir werden schon noch beweisen, dass wir unseren Verpflichtungen nachkommen. Großes Yazinsky-Ehrenwort!

Doch Patty ist nun mal Patty und daran wird sich auch nichts ändern.

Seit acht Monaten lebt sie in dem Glauben, alles würde prima laufen und sie müsste mich nur machen lassen. Sie geht abends aus, lädt jedes Wochenende Freunde ein und kauft sich Klamotten und Schminksachen wie früher. Sie gibt mir weder Anweisungen noch Ratschläge. Meine Klausuren und Zeugnisse unterschreibt sie kommentarlos und das war's.

»Mado war immer gut in der Schule«, sagt sie jedes Mal zu unserer Sozialarbeiterin. »Machen Sie sich keine Gedanken.«

Wenn man sie so reden hört, könnte man meinen, das Leben sei leicht, einfach und sorgenfrei.

Nicht dass ich ihr das übel nehmen würde. Patty tut, was sie kann. Sie arbeitet hart, verdient unseren Lebensunterhalt und gibt mir Geld fürs Kino, wenn ich sie darum bitte. Sie wird niemals Papa und Mama ersetzen, aber sie ist meine Schwester. Meine allerliebste Schwester.

»Übrigens, Mado«, sagt sie plötzlich viel zu laut, weil sie immer noch den Kopfhörer aufhat. »Hab ich dir schon gesagt, dass ich am Wochenende nicht da bin?«

Ich blicke auf und ziehe die Augenbrauen hoch.

»Nein, hast du nicht.«

»Was?«

»Nein! Das wusste ich nicht.«

Sie nimmt den Kopfhörer ab und legt ihn auf das Kreuzworträtselheft, das aufgeschlagen neben ihr liegt.

»Luigi fährt mit mir nach Amsterdam.«

Ich nicke. Na so was! Von Luigi war schon länger nicht mehr die Rede.

»Was habt ihr dort vor?«

»Na, was wohl?« Patty seufzt und stellt den Fernseher aus. »Wir machen uns ein romantisches Wochenende, was hast du denn gedacht?«

Ich setze schnell ein wissendes Lächeln auf und vertiefe mich wieder in meine Unterlagen.

»Bist du sauer?«, erkundigt sich meine Schwester.

»Ich? Nein.«

Sie pustet auf ihre Fußnägel, damit der Lack schneller trocknet. »Du magst Luigi nicht, oder?«

»Doch, doch, ich mag ihn.«

»Lügnerin.«

Ich schlucke schwer. Um nichts in der Welt würde ich mich in Pattys Beziehungsgeschichten einmischen. Sie ist zwanzig, ich bin fünfzehn, und ich weiß, dass wir in dieser Hinsicht, wie in so vielen anderen, auf verschiedenen Planeten leben. Ich habe Luigi nur drei- oder viermal gesehen, aber das hat mir gereicht. Ich fand ihn hässlich, dumm und ungepflegt.

»Was soll's«, sagt Patty. »Denk doch, was du willst. Schließlich fahre ich nach Holland und nicht du.«

»Allerdings.«

»Außerdem musst du lernen. Dir wird schon nicht langweilig werden.«

»Bestimmt nicht.«

»Die Prüfungen sind am Mittwoch, oder?«

»Am Montag.«

»Schon? Verdammt, wie schnell die Zeit vergeht!«

Plötzlich überkommt mich eine schreckliche Traurigkeit und ich presse die Lippen aufeinander. Die Zeit vergeht wirklich schnell … auch wenn man dachte, sie wäre für immer stehen geblieben.

Der Unfall ist nun schon neun Monate her. Es war im Oktober, dem Monat, in dem »das Laub von den Bäumen fällt«, wie der Kaiser sagen würde. Papa und Mama hatten sich eine Woche freigenommen, abseits vom Gewimmel der Schulferien. Sie sind in unser Ferienhaus in der Ardèche gefahren. Auf einer schmalen Serpentinenstraße mit starkem Gefälle haben die Bremsen des Autos versagt.

»Mado?«

Ich zucke zusammen. Patty steht direkt vor mir und sieht mich besorgt an.

»Alles in Ordnung«, murmle ich. »Ich hab nur an meine Prüfungen am Montag gedacht.«

Sie schluckt die Lüge nur allzu gern, erleichtert, nicht »darüber sprechen« zu müssen. Trotzdem lässt sie sich nicht so leicht täuschen, das weiß ich. Sie hat meinen starren Blick gesehen und meine feuchten Augen. Sie weiß ganz genau, dass ich an sie gedacht habe.

»Hast du Schiss?«, fragt sie und zeigt auf meine Unterlagen.

»Ein bisschen.«

»Das geht vorbei, glaub mir.«

Sie spricht diese Plattitüde mit einer unbeholfenen Zärtlichkeit aus, die meine inneren Dämme fast zum Einsturz bringt. Höchste Zeit, das Thema zu wechseln, bevor die Tränen ansteigen und die Flut der Trauer uns mit sich reißt.

»Los, beweg deinen Hintern, Mado!«, ruft Patty mit gespielter Fröhlichkeit. »Heute essen wir bei Lolo!«

Ich lächle, so gut ich kann. Patty … Wir beide haben so

viel gemeinsam wie eine Schildkröte und ein Pavian, aber ich liebe sie trotzdem. Mit ihrem grellen Nagellack, ihren Piercings, ihren wilden, blondierten Haaren, ihren Kreuzworträtseln, ihren zerrissenen Jeans und ihrem Luigi … Patty ist meine Schwester, mein amtlicher und allerliebster Vormund, meine einzige Familie, mein Rettungsring.

2. KAPITEL

Ich habe in den letzten Monaten eine Menge gelernt. Das meiste lässt sich in einem Satz zusammenfassen: Alles ist relativ. Vielleicht klingt es blöd, aber vor dem Unfall meiner Eltern wusste ich nicht, was das heißen soll. Ich lebte im Absoluten, was offenbar normal in meinem Alter ist. Ich HASSTE oder LIEBTE etwas. Ich fand jemanden BLÖD oder SUPER. Ich war der Meinung, es gäbe nichts SCHLIMMERES im Leben, als von meinen Eltern zur Schule gebracht zu werden, und nichts TOLLERES, als am Samstagabend mit meinen Freundinnen ins Kino zu gehen. Alles war so klar. Schwarz oder weiß. Cool oder uncool.

Inzwischen habe ich gezwungenermaßen gelernt, auf Nuancen zu achten.

Patty, zum Beispiel.

Vor dem Unfall habe ich mich nicht besonders gut mit ihr verstanden. Ich fand sie vulgär, dumm, peinlich und aufdringlich. Sie war zwar schon seit einem Jahr ausgezogen, aber das änderte nichts an den Spannungen zwischen uns. Jeden Samstag fiel Patty bei uns ein. Sie stürmte die Wohnung, die ich seit ihrem Auszug mit Papa und Mama allein bewohnte, und verteilte tonnenweise dreckige Wäsche auf den Badezimmerfliesen. Mama wusch ihre Sachen, während Patty auf dem Sofa herumlümmelte und stundenlang telefonierte. Natürlich quatschte sie nur belangloses Zeug.

»Was bringt es, seine Unabhängigkeit zu erklären, wenn man jeden Samstag wieder zum Kind wird?«, fragte ich meine Eltern genervt. »Wenn Patty noch hier wohnen würde, würde sie wenigstens im Haushalt mithelfen und …«

Mein Vater hob einen Finger, um mich zum Schweigen zu bringen. »Wenn es bei dir so weit ist, wirst du schon sehen. Bevor man endgültig davonfliegt, braucht man eine Zeit des Übergangs. Du darfst später auch unsere Waschmaschine benutzen, versprochen!«

Im Grunde genommen war ich ein bisschen eifersüchtig. Patty lebte frei wie ein Vogel mit ihrer nervtötenden Leichtigkeit und konnte trotzdem ins warme Nest zurück, wann immer es ihr gefiel. Ich hingegen musste die elterliche Sorge ertragen, im Haushalt helfen und für die Schule lernen. Alles erschien mir schwer, freudlos und beklemmend.

»Vergiss nicht, dass Patty die ganze Woche bis spät in die Nacht arbeitet«, fügte Mama hinzu. »Wie soll sie sich da auch noch um ihre Wäsche kümmern?«

Ich zuckte mit den Schultern. Pattys Job war mir so fremd wie der Mars. Dabei hatten wir einige Male in dem Restaurant gegessen, in dem Patty kellnerte, und ich hatte gesehen, wie sie von einem Tisch zum anderen gerannt war, Bestellungen aufgenommen, Essen serviert und Glasscherben aufgefegt hatte, wenn etwas zu Bruch gegangen war. Natürlich war das anstrengend, aber dafür konnte sie sich den ganzen Tag ausruhen, während ich im Unterricht sitzen musste!

Dann geschah der Unfall. Kein Papa mehr. Und keine Mama.

Als wir beim Vormundschaftsrichter saßen, wurde mir klar, dass ich nie bei meiner Schwester hätte bleiben können, wenn sie nicht gearbeitet hätte. Da wir keine anderen Verwandten in Frankreich haben, wäre ich bis zur Volljährigkeit in ein Kinderheim oder eine Pflegefamilie gekommen. Lieber sterben!

Papa und Mama hinterließen uns die Wohnung, das Ferienhaus und ein bisschen Geld, das sie auf die Seite gelegt hatten. Patty konnte wieder bei uns einziehen und mich mit Essen und Kleidung versorgen. Sie wurde mein Vormund. Im Januar hat sie sogar bessere Arbeitszeiten durchgesetzt. Sie hat die Mittagsschicht übernommen und muss jetzt nur noch jeden zweiten Samstag arbeiten, damit sie mehr Zeit für mich hat.

Heute ist Patty immer noch vulgär, peinlich und aufdringlich. Manchmal frage ich mich, ob sie nicht unter Gehirnschwund leidet. Aber ich habe auch festgestellt, dass sie unendlich großzügig ist, gerne feiert, Sinn für Humor hat, sehr lebenslustig ist und mich vollkommen respektiert, auch wenn ich anders bin als sie.

Deshalb gebe ich mir meinerseits Mühe. Ich mache ihr Komplimente zu den hässlichsten Klamotten, kritisiere ihre Freunde nicht, auch wenn es mir manchmal schwerfällt, ich lasse sie ihre Musik voll aufdrehen, und ich habe mich schließlich sogar halbwegs mit dieser schrecklichen, lauten und verqualmten Kneipe angefreundet, in die sie mich jedes Mal schleppt, wenn meine Traurigkeit überhandnimmt.

Bei Lolo ist Patty die Königin. Sie kennt alle, duzt den

Wirt, spielt hysterisch kreischend Flipper und Tischfußball und stellt mich den anderen Gästen immer als »ihre kluge kleine Schwester« vor, wenn ich dabei bin.

Bei Lolo gibt es Hotdogs und fettige Pommes. Auf dem Boden liegen Sägemehl und zerdrückte Zigarettenkippen, in einer Vitrine stehen die Pokale und Medaillen des Boxvereins von nebenan und man sitzt auf braunen Kunstlederbänken. Ich trinke eine Limonade und Patty ein Bier. Zum Nachtisch gibt uns der Wirt oft eine Portion seiner ekelhaften Mousse au Chocolat aus. Beim Essen tue ich immer so, als könnte ich gar nicht genug davon bekommen. Wahrscheinlich glaubt er inzwischen, seine Mousse sei die beste der Welt. Aber das stört mich nicht. Was zählt, ist die Absicht.

Auch an diesem Abend kommt es, wie es kommen muss. Nach dem Hotdog und vier Partien Flipper fragt mich der Wirt, ob ich ein bisschen Mousse au Chocolat möchte. Ich sage Ja und Patty bestellt sich schnell auch eine Portion.

»Bist du sicher?«, fragt der Wirt und kneift sie in die Taille. »Hast du in letzter Zeit nicht ein bisschen zu viel Süßes gegessen?«

Patty mustert ihren Bauch. Es stimmt, seit einigen Wochen trägt sie lieber etwas weitere Klamotten. Aber sie zuckt nur mit den Schultern.

»Jetzt sei doch nicht so, Lolo! Gönn mir ein bisschen was!«

Sie dreht sich zu mir um und zwinkert mir zu. »Ab morgen bin ich auf Diät!«

Ich zwinkere zurück. Patty und ich sind tatsächlich nicht gerade Meisterinnen der ausgewogenen Ernährung. Seit wir uns um alle Mahlzeiten selbst kümmern, kommen Salat und

Gemüse kaum noch auf den Tisch. Kein Wunder, dass Patty zugenommen hat.

»Ich mache mit«, sage ich, um sie zu ermutigen.

»Bist du verrückt? Nicht vor den Prüfungen! Du musst essen, Mado. Denk dran, du befindest dich mitten im Wachstum.« Sie beugt sich zu mir rüber. »Ich bring dir Waffeln aus Amsterdam mit. Die sollen köstlich sein. Du kannst sie dann bei den Prüfungen essen, okay?«

Während ich mit dem Bierdeckel spiele, denke ich an das lange, einsame Wochenende, das vor mir liegt. Hoffentlich versinke ich ohne meine Schwester in unserer Wohnung voller Erinnerungen nicht in Depressionen. Ich traue mich nicht, Patty zu bitten, nicht zu fahren, die Reise abzusagen und bei mir zu bleiben, für immer und ewig …

»Wieso fahrt ihr eigentlich nach Amsterdam?«, frage ich nur. »Luigi sollte dich lieber nach Italien mitnehmen, schließlich ist er Italiener.«

Patty macht einen Schmollmund. »Amsterdam ist billiger.«

Ein Schatten zieht über ihr Gesicht. Ihr Lächeln ist verschwunden, als hätte sie plötzlich keine Lust mehr auf die Reise.

»Zweimal Mousse au Chocolat für die hübschen Schwestern«, ruft der Wirt und stellt die Schälchen vor uns hin.

Sofort lächelt Patty wieder. »Guck nicht so, Mado! Hör auf, dir den Kopf zu zerbrechen, und iss. Eines Tages fahre ich mit dir nach Italien, versprochen!«

Ich versenke meinen Löffel in der Mousse au Chocolat. Für heute Abend versuche ich mir Pattys Lebensmotto anzueignen: das Leben so genießen, wie es kommt, auch wenn es ungenießbar ist, und dabei immer schön lächeln.

3. KAPITEL

Samstag, 18.00 Uhr

Der erste Tag allein war schließlich gar nicht so schlimm, wie ich befürchtet hatte. Ich bin spät aufgestanden, habe lange gebadet, Mathe und Französisch gelernt, nachmittags eine Packung Kekse gefuttert und fast gar nicht an meine Eltern gedacht.

Jetzt muss ich nur noch den Abend überstehen. Die hereinbrechende Dunkelheit, die sich verändernden Geräusche, die Stimmen aus den Nachbarwohnungen und dieses hartnäckige Gefühl, nicht auf derselben Party eingeladen zu sein wie sonst alle … Abends ist alles anders. Abends ist alles schwerer.

Ich räume meine Bücher und Unterlagen weg und überlege, wie ich die nächsten Stunden am besten hinter mich bringe. Soll ich fernsehen? Musik hören? Ein bisschen spazieren gehen? Patty auf ihrem Handy anrufen? Ich kann mich nicht entscheiden, darum trete ich auf den Balkon, stütze die Ellbogen auf die Brüstung und atme kurz durch.

Wenn ich in den letzten Monaten noch etwas Wichtiges gelernt habe, dann, dass das eigene Unglück den anderen Angst macht.

Ich werde nie den Herbstmorgen vergessen, an dem ich nach einer Woche Abwesenheit wieder zur Schule gegangen bin. Natürlich wussten alle Bescheid: die Lehrer, die Schüler, die Pausenaufsicht und sogar die Eltern der Schüler.

»Kennen Sie Mado Yazinsky aus der 9c? Sie hat ihre Eltern bei einem Autounfall verloren. Die beiden waren sofort tot. Das Auto ist in einer Schlucht zerschellt. Stellen Sie sich das mal vor!«

Natürlich konnte sich das niemand wirklich vorstellen.

Als ich den Schulhof betrat, kamen meine Freundinnen auf mich zu. Olivia, Maude, Sabrina und Judicaëlle, eine ganze Beerdigungsgesellschaft! Sie sahen so traurig aus, als wären ihre Eltern gestorben und nicht meine. Plötzlich musste ich lachen, ich konnte einfach nicht anders. Sie haben es nicht verstanden. Wie konnte ich nur lachen, wo doch solch ein Unglück geschehen war? Ich spürte ihre verblüfften und missbilligenden Blicke.

»Das ist die Anspannung«, behauptete ich.

»Verstehe«, log Sabrina.

Maude und Judicaëlle nickten.

»Bist du sicher, dass du schon wieder zur Schule gehen solltest?«, fragte Olivia.

»Das lenkt mich ab«, sagte ich.

Dieses Mal meinte ich es ernst. Es war keine Lösung, den ganzen Tag zu Hause zu sitzen, Trübsal zu blasen und sich immer wieder mit denselben Erinnerungen zu quälen. Sogar die Psychologin hatte mich ermuntert, wieder in die Schule zu gehen.

Dann standen wir zu fünft auf dem Schulhof und warteten stumm auf das Klingeln. Sabrina trug einen neuen Pullover, blasslila und grau, superhübsch. Ich traute mich nicht, sie darauf anzusprechen, weil ich nicht oberflächlich wirken wollte. Judicaëlle war am vergangenen Samstag auf der Party von Mathieu gewesen. Ich hätte gerne gewusst, wie es gewesen war, ob Laura Gabriel geküsst und Éléonore mit Kevin getanzt hatte … Aber ich traute mich nicht, sie zu fragen.

Da wurde mir klar, dass ich ab sofort ständig auf der Hut sein musste, um den Erwartungen der anderen zu entsprechen. Ich hatte traurig und zermürbt auszusehen, und damit basta. Ein anderes Verhalten kam nicht infrage. Meine Freundinnen rissen sich ebenfalls zusammen. Sie lachten nicht, stießen mich nicht an, redeten mit mir weder über traurige noch über lustige Dinge und vermieden Tabuwörter wie »Papa«, »Mama« und sogar »Auto« …

Diese unangenehme Situation dauerte einige Tage. Dann entspannte sich die Lage ganz allmählich. Um mich nicht traurig zu machen, lachten meine Freundinnen jetzt lieber ohne mich, amüsierten sich ohne mich und erzählten sich ihre alltäglichen Geschichten ohne mich. Sie wollten mich nicht wirklich fallen lassen. Ich war bereits am Boden.

Während des nächstens Halbjahrs habe ich mich mit Jeanne angefreundet, einem Mädchen, mit dem ich mich vor dem Unfall nie getroffen hätte. Mit ihr konnte ich über meine Eltern und mein neues Leben reden. Es war leichter, weil wir uns vorher nicht besonders gut gekannt hatten. Sie nahm mich so, wie ich war: Mado, die Waise, Mado, die allein mit ihrer großen Schwester lebt, die manchmal traurig und abwesend ist, mit der man aber auch lachen kann, die neue Mado. Keine Ahnung, was aus der alten geworden ist … Wahrscheinlich ist sie zusammen mit dem Auto in die Schlucht gestürzt. Die alte Mado gibt es nicht mehr.

Mitten in meine Gedanken hinein klingelt das Telefon. Es ist Jeanne. Als sie hört, dass ich ganz allein bin, fragt sie, ob ich bei ihr übernachten will. Bei ihr ist immer was los, es geht stets laut und lebhaft zu. Genau das, was ich brauche! Der Abend ist gerettet.

Bevor ich meine Sachen packe und verschwinde, rufe ich Patty auf dem Handy an, um ihr Bescheid zu sagen.

Es läutet fünf- oder sechsmal, bis sie endlich abnimmt. Ihre Stimme klingt irgendwie anders als sonst.

»Störe ich?«, frage ich.

»Nein, kein Problem.«

»Ich übernachte heute bei Jeanne. Morgen Nachmittag bin ich wieder da.«

»Von mir aus. Tu, was du für richtig hältst.«

Ich schweige verwirrt. Patty klingt nicht gerade wie eine glückliche Verliebte, die auf Wolke sieben schwebt. Ob sie sich mit Luigi gestritten hat?

»Stimmt was nicht?«, frage ich.

»Nein, alles klar. Ich bin im Hotel. Ich … ich war gerade unter der Dusche.«

Das riecht auf hundert Kilometer nach einer Lüge. Plötzlich sehe ich Patty vor mir, ganz allein in dieser fremden Stadt und am Boden zerstört, weil Luigi, den ich noch nie mochte, mit ihr Schluss gemacht hat, und sie zu stolz ist, um etwas zu sagen.

»Ist das Hotel schön?«, frage ich weiter.

»Superschön«, antwortet Patty mit einem gezwungenen Lachen. »Wir haben ein großes Zimmer mit Fernseher …«

Im Hintergrund sind hallende Stimmen und zuschlagende Türen zu hören.

»Und wie ist Amsterdam so?«

»Nett.«

»Hast du eine Mühle gesehen?«

»Doch nicht mitten in der Stadt, du Dummkopf.« Patty seufzt. »Luigi wartet. Ich muss jetzt Schluss machen.«

»Viel Spaß«, sage ich halbherzig. »Bis morgen.«

»Schönen Abend noch, Mado. Grüß Jeanne von mir.«

Ende des Gesprächs. Ich bleibe mit hängenden Armen im Flur stehen. Warum klang Patty so müde, angespannt und traurig? Und was waren das für Geräusche im Hintergrund? Es hat sich eher nach einer Bahnhofshalle oder einem Flughafen angehört. Jedenfalls nicht nach einem gemütlichen Hotelzimmer.

Ich überlege kurz, ob ich sie noch einmal anrufen soll, doch dann lasse ich es sein. Schließlich ist Patty die Große, die Erwachsene! Und es war ihre eigene Entscheidung, übers Wochenende wegzufahren und sich eine schöne Zeit zu machen. Ich werde mir nicht den Abend verderben lassen, weil ich mir Sorgen um sie mache. Außerdem wäre es kein großer Verlust, wenn sie sich von Luigi getrennt hätte. So wie ich Patty kenne, wird sie es überleben.

Als ich die Wohnungstür hinter mir zuschlage, ist es, als würde ich einen Sarg schließen. Klack! Schlaft gut, ihr Geister! Ich werde mich woanders amüsieren!

Als ich am Sonntagabend Pattys Schlüssel im Treppenhaus klirren höre, kann ich meine Erleichterung trotz allem nicht verbergen und laufe ihr entgegen.

»Wie geht's, Pat? War's schön? Bist du sehr müde?«

Sie sieht schlecht aus, aber gleichzeitig scheinen ihre Augen intensiver zu leuchten als sonst. Ich schließe daraus, dass das Wochenende stürmisch war, aber alles gut ausgegangen ist. Ich habe das Abendessen vorbereitet und frage sie, ob sie Hunger hat.

»Nein danke, ich hab unterwegs ein Sandwich gegessen.«

»Schade, ich hatte ein Diät-Menü vorgesehen: Gurken, grüner Salat und magerer Schinken.«

Patty scheint gar nicht zuzuhören. Sie wirft ihre Keilabsatzschuhe in die Ecke, geht direkt ins Wohnzimmer und lässt sich aufs Sofa fallen. Als ich sie genauer anschaue, wird mir klar, warum sie so schlecht aussieht. Sie ist nicht geschminkt! Sofort ist mein Misstrauen wieder da. Hier stimmt was nicht! Das Einzige, was Patty davon abhält, sich das Gesicht anzumalen, ist eine Krankheit. Und selbst dann muss es schon eine richtig schwere Grippe sein.

»Du siehst nicht so richtig fit aus«, murmle ich vorsichtig. »Wirst du etwa krank?«

Patty greift nach der Fernbedienung und stellt den Fernseher an, ohne zu antworten. Plötzlich traue ich mich nicht mehr, weiter zu fragen, und setze mich einfach neben sie. Es fängt gerade eine Reportage über das Leben reicher Leute an. Das interessiert mich nicht die Bohne, aber ich verkneife mir einen Kommentar. Patty hat sich in der Sofaecke zusammengerollt. Diese Haltung kenne ich nur zu gut, es ist die des verletzten Kindes. Wie oft habe ich sie so zusammengekauert gesehen, mit leerem Blick, während ihre Finger mit einer blondierten Haarsträhne herumspielen? Wenn es ihr nicht gut geht, wird Patty wieder zum Kind. Fehlt nur noch, dass sie am Daumen lutscht. Als Papa und Mama noch lebten, habe ich mich über sie lustig gemacht. Jetzt nicht mehr.

Im Fernsehen erklärt ein Mann in einem sehr teuren Anzug gerade der Kamera, dass er einen kleinen Empfang »im engsten Kreis« plant. Es sind dreihundert Leute eingeladen. In der riesigen Küche seiner Luxusvilla wirbeln Dutzende von Köchen zwischen ihren Töpfen herum. Soßen werden angerührt, Fleisch wird gebraten, Fisch gedünstet und das Dessert angerichtet.

Mir läuft das Wasser im Mund zusammen und ich will gerade etwas sagen, da springt Patty plötzlich vom Sofa und rennt auf die Toilette. Verdutzt klappe ich den Mund wieder zu. Durch die Tür höre ich, wie Patty sich die Seele aus dem Leib kotzt.

Vorsichtshalber schalte ich den Fernseher aus. Als Patty zurückkommt, ist sie leichenblass.

»Du hast recht«, sagt sie. »Ich bin krank. Ich gehe ins Bett.«

»Ich auch. Die Prüfungen fangen morgen um acht Uhr an.«

Während sie in ihrem Zimmer verschwindet, versucht sie, einen Witz zu machen. »Vielleicht sind es ja deine Prüfungen, die mir den Magen umdrehen!«

4. KAPITEL

Als ich am nächsten Morgen die Wohnung verlasse, ist Patty noch nicht auf. Aber das ist nichts Ungewöhnliches, sie war schon immer eine Langschläferin. Ihre Tür steht einen Spalt offen und ich sehe sie schlafen, unter ihrer Decke zu einer Kugel zusammengerollt. Sie sieht friedlich aus. Beruhigt mache ich mich auf den Weg in die Schule. Vielleicht hat Patty sich ja das ganze Wochenende mit Waffeln vollgestopft. Die Waffeln, die sie mir mitbringen wollte, hat sie offenbar auch gegessen, denn ich konnte sie nirgendwo entdecken.

Den Rest des Tages konzentriere ich mich auf meine Prüfungen: Geschichte, Geografie und Mathe. Die Aufgaben sind nicht allzu schwer, und ich bringe am Ende meiner Geschichtsklausur sogar den Ausspruch des Kaisers vom Sommer 1914 unter, als er seinen Soldaten versprochen hat, sie würden nach Hause zurückkehren, »ehe noch das Laub von den Bäumen fällt«.

Als ich diesen letzten Satz schreibe, bekomme ich eine Gänsehaut. Wie kann sich inmitten dieses Gemetzels eine solche Poesie entfalten? Ist das menschliche Genialität, diese Fähigkeit, selbst in den schlimmsten Situationen etwas Schönes erblühen zu lassen? Nachdem sich die Gänsehaut wieder gelegt hat, schraube ich meinen Füller zu und sitze bis zum Klingeln reglos auf meinem Platz, versunken in seltsame Gedanken über das Leben und den Tod. Das Leben, das die Soldaten an die Front treibt, und der Tod, der sie zurück nach Hause bringt. Das Leben, das meine Eltern dazu treibt, den Herbst auf dem Land zu genießen, und der Tod, der sie aus der Kurve reißt. Das Leben, das mich vorwärtstreibt, der Tod, der mich zurückhält.

Als ich die Schule verlasse, bin ich etwas benommen, aber ansonsten recht zuversichtlich. Die drei Wochen intensives Lernen haben sich gelohnt. Ich denke sogar kurz an den Vormundschaftsrichter. Wenn alles gut geht, werde ich ihm am Tag der Ergebnisse ein Päckchen Kaugummi schenken!

Leichten Herzens kehre ich nach Hause zurück. Ich bin sicher, dort eine Nachricht von Patty vorzufinden, die sie wie immer auf die Küchentafel gekritzelt hat: »Mir geht's wieder besser, war nur eine Magenverstimmung. Bin arbeiten. Ruf mich an und erzähl mir, wie's gelaufen ist. Kuss! Pat«.

Doch als ich die Wohnungstür öffne, weiß ich sofort, dass der Wunsch Vater des Gedanken war. Dabei müsste ich es inzwischen eigentlich besser wissen. Die Realität richtet sich selten nach unseren Wünschen. Patty ist zu Hause. Sie liegt reglos auf dem Sofa, mit verquollenem Gesicht und roten Augen. Sie ist weder zur Arbeit gegangen noch hat sie sich geschminkt. Sie hat geweint.

Ich stelle meine Schultasche ab, lege den Schlüsselbund weg und gehe zu ihr. Ich habe einen Kloß im Hals. Wenn Patty weint, ist das schlecht. Ganz schlecht. Denn mit meinen fünfzehn Jahren schaffe ich es nicht, die richtigen Worte zu finden, um jemanden zu trösten, der untröstlich ist. Ich hoffe, ich lerne es irgendwann noch, wenn ich älter bin, aber alles, was ich bis jetzt tun kann, ist, mit ihr zusammen zu weinen.

»Soll ich einen Arzt rufen?«

Sie schüttelt den Kopf.

»Hast du Schmerzen?«

»Nein.«

Ich beiße mir auf die Lippe. In solchen Momenten fehlen mir Papa und Mama am meisten. Patty dreht den Kopf zu mir.

»Wie ist es gelaufen?«

»Prima«, sage ich mit wackeliger Stimme.

Sie versucht zu lächeln, aber es klappt nicht richtig.

»Ich hab dich angelogen, Mado«, sagt sie plötzlich. »Ich hab dich von vorne bis hinten anlogen. Es tut mir leid.«

Verunsichert breite ich die Arme aus. Wovon spricht sie?

»Ich wollte dir vor deinen Prüfungen nichts sagen, aber ich muss … ich muss mit jemandem reden. Mit jemandem … der zur Familie gehört.«

Sie gibt einen gurgelnden Laut von sich, der wohl ein Lachen sein soll.

»Also habe ich leider keine andere Wahl, meine arme Mado. Es trifft zwangsläufig dich. Willst du mir zuhören?«

Ich setze mich auf den Boden, so nah bei ihr, dass ich fast ihre Tränen riechen kann.

»Natürlich.«

Patty streicht eine Haarsträhne zurück, zieht die Nase hoch und holt tief Luft.

»Ich war letztes Wochenende tatsächlich in Amsterdam«, beginnt sie. »Aber nicht mit Luigi. Der Idiot weiß nicht mal, dass ich dort war. Er weiß gar nichts und er würde es auch nicht verstehen.«

»Bis jetzt verstehe ich auch nichts«, sage ich.

Patty lächelt.

»Entschuldige, aber es ist nicht leicht für mich.«

Ich versuche, ihr zu helfen. »Was hast du in Amsterdam gemacht?«

»Ich war … im Krankenhaus.«

Ich werde bleich. Im Krankenhaus! Deshalb hat es sich am Telefon angehört, als würde sie in einer Bahnhofshalle stehen. Krankenhäuser sind immer voller zuschlagender Türen und hallender Stimmen …

»Keine Sorge«, beruhigt sie mich sofort. »Ich habe keine tödliche Krankheit.«

»Puh!«

»Ich bin schwanger.«

»Was?«

»Ich bin schwanger.«

Ich bleibe wie versteinert auf dem Teppich sitzen. Durch das geöffnete Fenster dringen die Geräusche der Straße zu uns herauf. Sie klingen unwirklich. Ich höre vorbeifahrende Autos, spielende Kinder in der kleinen Grünanlage gegenüber, das entfernte Echo einer Bohrmaschine. Wenn man so eine überraschende Neuigkeit erfährt, sagt man für gewöhnlich, die Zeit würde stehen bleiben oder die Welt würde aufhören, sich zu drehen, aber ich glaube eher, unser Gehirn stellt plötzlich alle Aktivitäten ein. Der Welt ist es völlig egal. Sie dreht sich immer weiter, was auch passiert.

Als ich von Papas und Mamas Tod erfahren habe, ging es mir ganz genauso. Ich befand mich einige endlose Sekunden in einem Vakuum, als hätte man mich in ein Paralleluniversum befördert. Ich saß im Büro des Schuldirektors. Die Krankenschwester, meine Mathelehrerin, die Schulpsychologin und Patty waren auch da, während ich schwerelos in diesem luftleeren Raum trieb. Trotzdem konnte ich immer noch das Geschrei der Schüler auf dem Hof und das Geknatter der auf dem Parkplatz herumkurvenden Motorroller hören.

»Mado«, sagt Patty sanft.

Ich zucke zusammen. Meine Schwester sieht mich ernst an. Sie wartet darauf, dass ich etwas sage. Mein Blick wandert zu ihrem Bauch.

»Ist es von Luigi?«, frage ich.

Sie nickt schweigend.

»Ich hab es nicht gleich gemerkt. Und dann hab ich mich erst mal nicht weiter darum gekümmert … Keine Ahnung, warum. Ich hatte zu viel um die Ohren. Als ich endlich zur Frauenärztin gegangen bin, meinte sie, es wäre zu spät für eine Abtreibung. Ich hatte die gesetzliche Frist in Frankreich weit überschritten.« Sie räuspert sich. »Die Ärztin hat mir erklärt, dass die Fristen in Holland großzügiger sind. Sie hat mir die Adresse und den Namen von einem holländischen Arzt gegeben.«

Ich stoße einen Seufzer aus. Statt ein romantisches Wochenende zu verbringen, war Patty zwei Tage mutterseelenallein in einem Krankenhaus, um abzutreiben. Ich fasse es nicht!

»Am Samstag haben sie mich gründlich untersucht«, fährt Patty fort. »Und dabei haben sie festgestellt … dass ich auch die holländische Frist überschritten habe.«

Ich werde blass. Ein seltsames Gefühl überkommt mich, eine Art Schwindel.

Patty spricht schnell weiter. »In Anbetracht meiner familiären Situation haben sie sich dazu bereit erklärt, die Abtreibung trotzdem vorzunehmen. Es war riskant, Mado. Sehr riskant. Am Sonntagmorgen …« Ihre Stimme zittert. Ich greife nach ihrer Hand und drücke sie fest, um ihr Mut zu machen. Sie fängt sich wieder und murmelt: »Weißt du, als du Samstagabend angerufen hast, hatte ich gerade eine Stunde mit einer Psychologin gesprochen. Ich wusste überhaupt nicht mehr, wo mir der Kopf steht.«

Und ich hatte geglaubt, sie hätte sich nur mit Luigi gestritten … Ich lag so was von falsch.

»Ich hab die ganze Nacht nachgedacht. Ich hatte solche Angst vor der Operation, es war schrecklich … Und dann … ich weiß auch nicht … Als der Arzt am Sonntagmorgen in mein Zimmer kam, habe ich ihm gesagt, dass ich gehen möchte. Und ich bin gegangen.«

Ich lasse ihre Hand los. »Wie – du bist gegangen? Willst du damit sagen, du bist nicht … operiert worden?«

Sie schüttelt den Kopf.

»Du meinst … du hast dich entschieden, das Baby zu behalten?«

»So ist es, Mado.«

Diese Nachricht ist so umwälzend und unglaublich, dass ich lospruste. Ein Baby! Patty bekommt ein Baby! Und der Vater ist auch noch dieser Idiot Luigi. Das ist einfach zum Totlachen!

»Es kommt im September«, fügt Patty hinzu.

Ich höre auf zu lachen. Dieser einfache, sachliche Satz

wirkt auf mich, als hätte mir jemand einen Eimer kaltes Wasser über den Kopf gegossen. Das ist kein Witz. Im Bauch meiner Schwester befindet sich wirklich ein Baby. Und es wird im September geboren. Meine große, gedankenlose Schwester, die unbeschwerte und sorglose Patty, die sich bei Lolo mit Hotdogs vollstopft, allen Säufern des Viertels auf den Rücken klopft und sich vor dem Fernseher zu einer Kugel zusammenrollt … wird im September Mutter? Das ist einfach unvorstellbar.

Unwillkürlich wandert mein Blick zu ihrem Bauch. Unter dem XXL-T-Shirt ist noch nicht viel zu erkennen.

»Sechster Monat«, sagt sie.

»Aber …«

Ich schüttle den Kopf. Das muss ein Irrtum sein. Ihr Bauch ist kaum dicker geworden. Sie hat ein bisschen zugenommen, das schon, aber doch nicht so viel!

»Offenbar ist das bei jeder Frau anders«, erklärt Patty. »Besonders beim ersten Kind. Bei einigen sieht man es sofort, bei anderen ist es ziemlich unauffällig. Ich kriege meine Jeans nicht mehr zu, aber wenn ich einen langen Pullover drüberziehe, merkt man noch nichts.«

»Aber … was willst du hinterher damit machen?«, frage ich dumm.

Patty zuckt mit den Schultern. »Keine Ahnung. Ich hab mich noch nicht entschieden.«

Verwirrt rede ich weiter. »Du bist zu jung dafür … Du bist erst zwanzig, Patty, das ist zu früh …«

Patty sieht mich so intensiv an, dass ich verstumme. »Mama war zweiundzwanzig, als sie mich bekommen hat«, sagt sie ruhig.

In diesem Moment wird mir klar, dass ich nichts mehr tun kann, um den Lauf der Dinge zu ändern. Auf eine gewisse Weise ist das Baby schon da, auch wenn es noch unsichtbar ist. In Wahrheit bin ich zu jung, um diese Neuigkeit zu verkraften. Das Leben bricht zu früh in unsere Trauer ein. Im September, kaum ein Jahr nach dem Unfall … das ist einfach zu früh.

Patty richtet sich auf. Sie ist nicht mehr ganz so blass und zittrig. Sie schüttelt ihre zotteligen Haare und ihr Blick wird etwas lebhafter.

»Du wirst Tante«, sagt sie und klopft mir auf die Schulter. »Tante Mado!«

»Sehr witzig.«

Sie verzieht den Mund zu einem Lächeln und hebt ihr T-Shirt. Ich schließe die Augen, mir ist unbehaglich zumute. Ich weiß nicht, ob ich ›das‹ sehen will.

»Es gibt nur eine Sache, die mich ärgert.« Sie seufzt. »Eigentlich wollte ich mir ein Bauchnabel-Piercing machen lassen. Jetzt muss ich warten, bis mein Bauch wieder abgeschwollen ist.«

Ich bleibe so reglos sitzen, als wäre ich mit dem Wohnzimmerteppich verschmolzen. Meine Schwester ist schwanger, und das Einzige, woran sie denkt, ist das Bauchnabel-Piercing, auf das sie verzichten muss?! Hab ich's nicht gesagt? Gehirnschwund!

5. KAPITEL

Meine lieben Eltern,

hier kommen ein paar Neuigkeiten aus der Welt der Lebenden.

Fassen wir zusammen:

1. Patty ist im sechsten Monat schwanger. Der Geburtstermin ist Mitte September.

2. Der Vater des Kindes heißt Luigi. Er ist zweiundzwanzig, arbeitet als Automechaniker in einer miesen Werkstatt, wohnt in einer armseligen kleinen Bude und weiß bis jetzt von NICHTS. Und selbst wenn, würde das NICHTS ändern, weil dieser NICHTSnutz Patty wegen eines anderen Mädchens sitzen gelassen hat. Eine gewisse Caroline, nach dem, was Patty gesagt hat.

3. Patty hat angeordnet, dass wir NICHTS von alldem irgendjemandem erzählen dürfen, vor allem nicht dem Vormundschaftsrichter, der Sozialarbeiterin, Pattys Chef oder sonst wem. In diesem Punkt sind wir uns einig. Wir würden nur Schwierigkeiten bekommen. Ich kann das juristische Chaos schon vor mir sehen: Die Vormundschaft wird wieder infrage gestellt, das Jugendamt wird eingeschaltet und droht mit Kinderheim. Um diesen Kram kümmern wir uns später.

4. An den von unserer Sozialarbeiterin abgesegneten Plänen für den Sommer ändert sich NICHTS. Patty arbeitet den ganzen Juli und im August fahren wir in unser Ferienhaus in der Ardèche. Mit dem Zug natürlich.

5. Und wenn wir zurückkommen? Dann wartet das Unbekannte mit großem U auf uns. Das große NICHTS. Aber immerhin haben wir zwei ganze Monate, um uns darauf vorzubereiten.

6. Das ist verrückt. Komplett verrückt.

Ich habe mich in mein Zimmer zurückgezogen und diese Zeilen in ein Heft geschrieben. Es ist Dienstagabend. Der 28. Juni, um genau zu sein. Es herrscht eine schwüle, drückende Hitze, wie in den Tropen. Meine Hände schwitzen auf dem Papier.

Seit dem Unfall rede ich oft mit Papa und Mama, wenn ich allein bin. Ich murmle vor mich hin, was mir gerade durch den Kopf geht, einfach so, ins Leere hinein. Ich brauche weder am Grab zu stehen noch ein Fotoalbum aufzuschlagen, um mit ihnen zu sprechen. Die Wände meines Zimmers, die Decke oder das Fenster reichen völlig.

Dieses Mal hatte ich das Bedürfnis, ihnen zu schreiben. Ich habe zwar ihre Adresse nicht, aber das spielt keine Rolle.

Ich kaue auf meinem Stift, während ich meine Zusammenfassung noch einmal lese. Schließlich füge ich einen siebten Punkt hinzu:

7. Die Abschlussprüfungen sind vorbei. Heute habe ich Französisch und Englisch geschrieben. Keine Ahnung, wie ich es geschafft habe, mich zu konzentrieren. In vierzehn Tagen gibt es die Ergebnisse. Jetzt ist erst mal NICHTStun angesagt. Denn ab sofort sind Ferien!

6. KAPITEL

Der Juli vergeht, ohne dass ich richtig weiß, wie.

Jeanne ist am Tag nach den Prüfungen in ihr Geburtsland Senegal gereist. Sie fehlt mir jetzt schon. Sie hätte mich gerne mitgenommen, aber ich wollte ihrer Familie nicht zur Last fallen und noch weniger wollte ich Patty einen ganzen Monat allein lassen. Also verbringe ich die Tage für mich und gehe stundenlang durch die tristen Straßen der Stadt spazieren. Ich langweile mich oft, träume viel vor mich hin und stopfe mir ständig irgendetwas zu essen in den Mund, um nicht vor lauter Verzweiflung laut zu schreien. Die Folge ist, dass ich merklich zunehme. Scheint in der Familie zu liegen.

Eine kleine Abwechslung in der allgemeinen Trübseligkeit sind meine Prüfungsergebnisse, die ich am 12. Juli bekomme. Sie sind mir zwar nicht egal, aber in Anbetracht der uns bevorstehenden Schwierigkeiten würde es auch keinen großen Unterschied machen, wenn ich durchgefallen wäre. Doch ich habe problemlos bestanden. Meine Geschichtsnote lässt mich sogar vor Freude erröten: eine Eins minus! Wahrscheinlich hat dem Prüfer mein letzter Satz gefallen.

Was das Thema Zunehmen angeht, so wird Patty nun

sichtlich dicker. Als hätte ihre Entscheidung, die Schwangerschaft durchzuziehen, das Baby dazu animiert, sich zu entfalten wie eine Seerose in einem Teich. Zum Glück ist das Wetter zu Beginn dieses Sommers so schlecht, dass Patty bei der Arbeit einen weiten Pullover tragen kann, ohne seltsam auszusehen.

Trotzdem kriegt sie jeden Morgen im Bad eine Panikattacke.

»Man sieht es, oder?«, fragt sie, während sie sich von der Seite im Spiegel betrachtet.

Wir messen ihren wachsenden Bauchumfang mit Mamas Maßband.

In einer Buchhandlung kaufe ich das Buch *Mein erstes Baby*. Die Verkäuferin sieht mich schief an, aber ich schaffe es, eine so gleichgültige Miene aufzusetzen, dass sie sich einen Kommentar verkneift. Am Abend lege ich das Buch auf Pattys Bett.

»Pff …«, macht sie, als sie es sieht. »Glaubst du wirklich, ich lese das?«

Sie blättert die fünfhundert Seiten durch und verzieht das Gesicht. Nein, Patty wird das Buch natürlich nicht lesen. Sie hat noch nie irgendetwas gelesen. Sie schafft es gerade mal, das Fernsehprogramm zu entziffern.

»Na gut, ich werde es lesen und für dich zusammenfassen«, sage ich und bringe den dicken Wälzer in mein Zimmer.

Ich vertiefe mich in diese äußerst lehrreiche Lektüre und lerne eine Menge über Schwangerschaft: die Entwicklungsstadien des Fötus, die Anzeichen einer vorzeitigen Geburt, die schrecklichen Krankheiten, die dem Kind drohen, wenn die Mutter nicht dieses oder jenes macht … Ich erfahre auch, dass die Schwangerschaft eine Zeit des intensiven Glücks für die Frau ist.

»Verspürst du intensives Glück?«, fragte ich Patty eines Sonntags.

Sie sieht mich an, als wäre ich gerade vom Himmel gefallen, bevor sie ihre Lieblingsbeschäftigung wieder aufnimmt: sich die Nägel lackieren und dabei irgendeinen Mist im Fernsehen gucken. Bald wird sie Mühe haben, ihre Zehen zu erreichen.

Später, allein in meinem Zimmer, spreche ich mit Mama. »Hast du intensives Glück verspürt, als Patty in deinem Bauch war?« Die Zimmerwand zuckt mit keiner Wimper. »Und als du mit mir schwanger warst, wie war das?« Die Decke setzt eine versteinerte Miene auf.

Ich werde niemals Antworten auf diese Fragen bekommen. Mir bleibt nichts anderes übrig, als sie mir auszudenken.

Ich nehme einen Stift und male einen lächelnden Mund auf die Tapete. Einen lächelnden Mund, eine Nase, zwei Augen und eine Sprechblase, in die ich schreibe: »Ja, ich war glücklich.« Dann lege ich den Stift weg, gehe einen Schritt zurück und sehe der Wand direkt in die Augen.

In diesem Moment klingelt das Telefon. Patty nimmt im Wohnzimmer ab. Ich schleiche auf Zehenspitzen durch den Flur und spitze die Ohren. Nach den ersten Sätzen weiß ich, dass Luigi am anderen Ende der Leitung ist. Pattys Tonfall ist kalt und unfreundlich: Nein, sie will ihn nicht sehen. Nein, sie liebt ihn nicht mehr. Er soll sich zum Teufel scheren, und nein, sie wird ihre Meinung nicht ändern.

Beim Zuhören kommen mir Zweifel. Was, wenn Luigi meine Schwester immer noch liebt? Wenn es ihm leidtut, sie mit dieser Caroline betrogen zu haben? Was, wenn er sie wiedersehen, ihr helfen und die Geburt des Babys mit ihr gemeinsam durchstehen will? Dem Buch *Mein erstes Baby* zufolge spielt der Vater eine wichtige Rolle. Es ist seine Aufgabe, den Bauch der zukünftigen Mutter zu streicheln und durch alle Hautschichten und die Plazenta hindurch mit dem Baby zu sprechen. Es ist seine Aufgabe, sich bereitzuhalten, um am Tag X ins Krankenhaus zu rasen. Es ist seine Aufgabe, dafür zu sorgen, dass das Zimmer des Babys hübsch und frisch gestrichen ist. Wenn Luigi also zu meiner Schwester zurückkommen will, warum gibt sie ihm keine zweite Chance? Luigi ist zwar ein Dummkopf, aber vielleicht ist er ja wenigstens ein guter Heimwerker?

Schlecht gelaunt legt Patty den Hörer auf. Ich bleibe einen Moment reglos im Flur stehen, dann betrete ich das Wohnzimmer.

»Wer war das?«, frage ich harmlos.

Patty ist beim linken Fuß angekommen. Hochkonzentriert trägt sie eine Schicht schwarzen Nagellack auf den großen Zeh auf, weißen Lack auf den nächsten Zeh und wieder schwarzen auf den übernächsten. Es sieht aus wie eine dieser schwarz-weiß karierten Fahnen beim Formel-1-Rennen.

»Es war doch hoffentlich nicht der Vormundschaftsrichter, oder?«, hake ich nach.

»Keine Sorge. Falsch verbunden.«

In flagranti beim Lügen ertappt!

Ich öffne eine Packung Madeleines und schweige eine

Weile. Zwischen zwei Bissen sage ich unvermittelt: »In dem Ratgeber steht, dass das Baby im Bauch die Stimme seines Vaters wiedererkennt. Witzig, oder?«

Patty stellt das Nagellack-Fläschchen auf den Couchtisch. »Sehr witzig.«

»Aber dein Baby hört die Stimme seines Vaters ja nicht besonders oft …«

»Na und? Was soll ich deiner Meinung nach tun? Luigi hat eine andere, und damit basta!«

»Und wenn er zu dir zurückkommen will?«

Patty sieht mich träge an. »Da besteht keine Gefahr.«

»Aber es ist doch auch sein Kind!«

Patty runzelt die Stirn. »Lass mich damit in Ruhe, okay? Ich weiß, was ich tue.«

Enttäuscht lege ich die Madeleines weg. In dem Buch steht auch, dass bei schwangeren Frauen die Hormone verrücktspielen, was Stimmungsschwankungen verursachen kann. Deshalb beschließe ich, ruhig zu bleiben und Patty nicht zu widersprechen. In ein paar Tagen fahren wir in die Ardèche, jetzt ist nicht der richtige Zeitpunkt für einen Streit. Um das Thema Luigi kümmern wir uns nach unserer Rückkehr.

Ich fürchte, in der Zwischenzeit bleibt die Vaterrolle an mir hängen …

»Wie fändest du es, wenn wir das Gästezimmer neu streichen?«, schlage ich vor.

»Ich finde, du solltest aufhören, dieses Buch zu lesen«, antwortet Patty, während sie die Nagellack-Fläschchen zuschraubt.

Am Morgen unserer Abreise klopfe ich bei der Hausmeisterin im Erdgeschoss, um ihr die Adresse unseres Ferienhauses dazulassen. Patty weiß nichts davon.

»Für alle Fälle«, sage ich.

»Und die Telefonnummer?«, fragt sie.

Ich zucke mit den Schultern. Es gibt kein Telefon. Papa und Mama haben es nicht mehr geschafft, eins anschließen zu lassen. Und das Handynetz ist sehr schlecht.

»Es ist wirklich ein gottverlassenes Nest, wissen Sie«, erkläre ich der Hausmeisterin.

»Na dann, schöne Ferien«, wünscht sie. »Deine Schwester sieht aus, als könnte sie Erholung gebrauchen.«

Ich nicke und gehe wieder nach oben, um zu Ende zu packen. Patty ist erschöpft, das ist offensichtlich. Nicht einmal ihr Make-up ›Sonnenpuder‹ schafft es, die Abgespanntheit ihrer Gesichtszüge zu kaschieren.

Als die Koffer fertig gepackt sind und wir auf das Taxi zum Bahnhof warten, lege ich mich kurz auf mein Bett.

Warum haben Papa und Mama an jenem Oktobertag das Auto genommen? Sie hätten mit dem Zug fahren können, so wie wir … dann wäre nichts von alldem passiert. Aber eigentlich weiß ich ganz genau, warum sie das Auto brauchten. Unser Ferienhaus liegt in einer winzigen Siedlung, am Ende einer Straße, am Ende der Welt, acht Kilometer vom nächsten Lebensmittelladen entfernt.

Im Sommer kommen der Bäcker und der Fleischer mit ihren Lieferwagen vorbei, man kann per Anhalter fahren oder sich von anderen Urlaubern Lebensmittel mitbringen lassen, aber ab Ende September ist die Siedlung wieder verlassen und niemand fährt mehr die Straße entlang. Also haben sie das Auto genommen. Den alten beigefarbenen R5, dieses rollende Grab. Papa hat es immer wieder rausgeschoben, ihn zu ersetzen. Er meinte, er würde sein Gehalt lieber in die Renovierung des Hauses stecken statt in den Kauf eines neuen Autos.

»Du hast die alte Bruchbude geliebt, stimmt's, Papa?«

Ich betrachte das Gesicht an der Wand.

Ich muss an unseren ersten Sommer dort denken. Ich war zehn und Patty gerade fünfzehn. Papa war so stolz auf diesen Trümmerhaufen von einem Haus! Als er uns herumführte, brachte er uns ständig zum Lachen: »Hier ist die Küche!« (ein Raum mit irdenem Boden und voller Spinnweben). – »Wir haben sogar fließendes Wasser« (eine verrostete Pumpe im Hof). – »Und hier ist das Badezimmer« (eine düstere Abstellkammer). – »Dies ist die Fürstensuite« (der Speicher mit morschem Holzfußboden). – »Das Haus ist natürlich mit einer Zentralheizung ausgestattet« (der Kamin). Papa strahlte vor Glück. Er, Michel Yazinsky, einziger Nachkomme einer bettelarmen, aus Polen eingewanderten Familie, war Besitzer eines Ferienhauses. Was für ein Triumph! Dieses Haus bedeutete für ihn ganz einfach pures Glück. Deshalb haben Patty und ich uns auch kategorisch geweigert, es zu verkaufen, obwohl uns der Notar, der sich um den Nachlass kümmerte, dazu geraten hatte.

»Du hast dieses Haus sehr geliebt, oder, Papa?«, wiederhole ich laut.

Ich stehe auf und male mit dem Stift ein zweites fröhliches Gesicht auf die Tapete. Dieses Mal schreibe ich in die Sprechblase: »Ja, ich habe es geliebt.«

»Mado!«, ruft Patty aus dem Flur. »Das Taxi ist da!«

Ich spüre, wie sich mein Herz zusammenzieht. Mit zitternden Fingern berühre ich die Wand und streichle die beiden Gesichter mit dem starren Lächeln.

»Schöne Ferien, ihr beiden«, flüstere ich. »Benehmt euch anständig! Ich verspreche, mich gut um alles zu kümmern. Um das Haus und um Patty.«

Ich schlage die Tür hinter mir zu.

Vorsichtshalber habe ich *Mein erstes Baby* in meinen Koffer gepackt, ebenso wie eine Reiseapotheke mit den nötigsten Medikamenten, wie auf Seite 67 empfohlen: Tabletten gegen Kontraktionen der Gebärmutter, Sodbrennen, Durchfall, allergische Reaktionen und Übelkeit, außerdem Vitamintabletten.

Pattys Koffer ist bestimmt randvoll mit Klamotten, Schminkzeug, Schlager-CDs und Frauenzeitschriften, in denen es um so wichtige Dinge geht wie die besten Flirttipps für die Disco. Im Sommer wird der Gehirnschwund meiner armen Schwester immer noch etwas schlimmer. Wenn das überhaupt möglich ist …

7. KAPITEL

Nach sechs Stunden Zugfahrt bei brütender Hitze steigen wir vor dem Bahnhof von Aubenas wieder in ein Taxi.

»Ihr wollt nach Vimoulenc? Kein Problem! Wir nehmen die Straße zur hohen Scheu…«

»Nein!«

Patty und ich haben gleichzeitig losgeschrien. Der Taxifahrer starrt uns misstrauisch an. Wer sind diese beiden verrückten Pariserinnen, die losbrüllen, bevor er seinen Satz beendet hat?

»Entschuldigen Sie bitte«, sage ich mit einem zerknirschten Lächeln. »Wir würden lieber die Straße durch Peyras nehmen.«

»Das dauert aber länger«, wundert sich der Fahrer.

»Das macht nichts. Diese Strecke wäre uns wirklich lieber.«

»Wie Sie wollen, meine Damen! Es ist schließlich euer Geld.«

Er schließt den Kofferraum mit unserem Gepäck. Als Patty neben mir auf die Rückbank sinkt, sehe ich, dass sie am Ende ihrer Kräfte ist.

»Du solltest etwas trinken«, sage ich behutsam.

Sie macht einen Schmollmund.

»Die Cola ist alle.«

»Möchtest du Wasser? Hier, ist noch ziemlich kühl.«

Sie schiebt die Flasche beiseite und verzieht das Gesicht. Ich verzichte darauf, mein frisch erworbenes Wissen über Schwangere anzubringen, auch wenn Patty längst nicht die empfohlenen zwei Liter Wasser pro Tag trinkt. Und es steht auch nirgendwo, dass Cola besonders gut für werdende Mütter ist.

Das Taxi fährt los. Wir schweigen, Patty schaut auf ihrer Seite aus dem Fenster, ich auf meiner. Der Fahrer fragt sich wahrscheinlich immer noch, warum wir die längere und unbequemere Strecke bevorzugen. Er kann schließlich nicht wissen, dass wir nie wieder die schmale Landstraße benutzen werden, die ›Straße zur hohen Scheune‹ genannt wird. Vielleicht hat er schon vergessen, dass vor neun Monaten auf genau dieser Straße ein kleiner R5 einen Kopfsprung in die Schlucht gemacht hat … Zum Glück gibt es noch eine andere Straße zu unserem Haus, sonst hätten Patty und ich vielleicht nicht den Mut gehabt wiederzukommen.

Acht Kilometer vor unserem Ziel bitten wir den Fahrer, beim Lebensmittelladen im Dorf zu halten. Während Patty sich im Auto ausruht, plündere ich die Regale: Nudeln, Reis, Kartoffeln, Konservendosen … Ich nehme mit, so viel ich tragen kann, damit es für die nächsten Tage reicht.

Als ich zum Taxi zurückkehre, hat Pattys Müdigkeit gesiegt und sie ist eingeschlafen. Ein dünner Speichelfaden läuft über ihr Kinn. Wenn man sie so sieht, würde man sie nur halb so alt schätzen … Kein Mensch würde darauf kommen, dass sie in eineinhalb Monaten Mutter wird. Ich stoße einen Seufzer aus, lade die Einkäufe ins Auto und wir fahren weiter, immer bergauf.

Der Taxifahrer hat sich inzwischen ein wenig entspannt und versucht, eine Unterhaltung in Gang zu bringen.

»Macht ihr hier Ferien?«

»Ja«, murmle ich.

»Ihr kennt die Gegend, oder?«

»Wir sind jeden Sommer hier, seit fünf Jahren.«

»Schön, schön ... Aber dort oben ist es doch ziemlich abgelegen, oder? Man muss schon Tourist sein, um diese Einsamkeit zu mögen. Wir Einheimischen brauchen etwas mehr. Ich zum Beispiel könnte ohne eine Bäckerei und ein Café für meine Pferdewetten nicht leben ...«

Ich lasse ihn reden, ohne richtig zuzuhören. Mir ist ein bisschen schlecht von den vielen Kurven.

»Ist das zu glauben?«, ruft der Fahrer schließlich und wirft einen Blick in den Rückspiegel. »Deine Freundin schläft ja wie ein Baby.«

»Sie ist nicht meine Freundin, sondern meine Schwester.«

»Ihr seid Schwestern? Unglaublich! Also, darauf wäre ich nie im Leben gekommen.«

»Ja, wir sehen uns nicht besonders ähnlich ...«

»Die eine kommt nach dem Vater und die andere nach der Mutter, stimmt's?«

Mein Hals wird immer enger. Ich schaffe es nicht, auf die letzte Bemerkung des Taxifahrers zu antworten. Um nicht in Tränen auszubrechen, kurble ich die Scheibe herunter und lasse mir den Fahrtwind ins Gesicht wehen.

Als Papa und Mama noch lebten, haben wir ständig solche Sprüche gehört, wenn wir zu viert unterwegs waren.

»Das nenne ich gute Arbeitsteilung, Monsieur und Madame Yazinsky! Mado kommt nach dem Herrn Vater und Patty ist ihrer Mutter wie aus dem Gesicht geschnitten!« Das hat uns immer geärgert, aber wahrscheinlich stimmte es trotzdem.

Je bekannter mir die Gegend vorkommt, desto mehr legt sich meine Übelkeit. Bald sind wir da. Ich schließe das Fenster wieder und stupse Patty an, um sie zu wecken. Aber sie weigert sich, das Reich der Träume zu verlassen.

»Keine Sorge«, sagt der Fahrer leise. »Sobald ich den Motor ausstelle, wacht sie ganz von allein auf.«

Wieder begegne ich seinem Blick im Rückspiegel. Er schaut mich ernst an.

»Sie sollten lieber auf die Straße achten«, sage ich.

Er senkt den Blick.

»Tut mir leid … Da bin ich vorhin wohl ins Fettnäpfchen getreten. Aber ich hab nicht gleich geschaltet.«

Ich verstehe kein Wort und runzle die Stirn.

»Es ist mir gerade erst wieder eingefallen … Die Hütte vom alten Bastide in Vimoulenc, ist das eure?«

»Ja«, sage ich kaum hörbar.

Genau genommen standen seine Chancen auf einen Treffer ziemlich gut. Von den vier Häusern in Vimoulenc wurden nur zwei wieder verkauft, eins davon erst letztes Jahr an eine holländische Familie.

»Dann seid ihr die Töchter von …«

Seine Stimme versagt. Er weiß nicht, wie er es sagen soll, darum beende ich den Satz für ihn. Inzwischen habe ich mich daran gewöhnt.

»… von Monsieur und Madame Yazinsky, richtig. Das

Ehepaar, das letzten Herbst auf der Straße zur hohen Scheune ums Leben gekommen ist.«

Ich habe es so gut formuliert, wie ich konnte. Vielleicht hat es ein bisschen zu kalt geklungen, aber wenigstens ist es jetzt raus.

Der Taxifahrer ist völlig erschüttert. »Das … das tut mir sehr leid …«, murmelt er.

Dann senkt sich das Schweigen über uns wie ein Theatervorhang. Auch daran habe ich mich gewöhnt. Und alles in allem ziehe ich ein schönes, schweres Schweigen dem falschen Mitgefühl einiger Menschen vor.

Als das Taxi vor unserem Haus hält, überkommt mich eine große Erleichterung. Endlich sind wir da! Wie es der Fahrer vorausgesagt hat, wacht Patty sofort auf.

»Verdammt, das wurde aber auch Zeit«, murrt sie und streckt sich.

Der Fahrer hilft uns, das Gepäck auszuladen. Während Patty die Haustür aufschließt, bringt er unsere Koffer und die Einkäufe in den Garten und stellt alles im Schatten des Feigenbaums ab.

»Vielen Dank«, sage ich und reiche ihm zwei Scheine.

»Bleibt ihr den ganzen August?«, fragt er, während er das Wechselgeld heraussucht.

»Ja, bis zum 29.«

»Es wäre mir ein Vergnügen, euch wieder zurückzufahren.« Er lächelt. »Hier ist meine Visitenkarte mit meinen persönlichen Kontaktdaten.«

Ich nehme die Karte und behalte für mich, dass wir kein Telefon haben.

Als das Taxi weggefahren ist, bleibe ich einen Moment neben dem Weg stehen. Der Staub, den die Reifen aufgewirbelt haben, hängt unbeweglich in der schweren Luft. Es ist immer noch sehr heiß. Kein Windhauch regt sich und abgesehen vom Zirpen der Grillen ist es ganz still.

»Huhu, Mado!«, ruft Patty vom Fenster ihres Zimmers aus.

Ich schaue nach oben. Im Abendlicht erscheint der zerzauste Kopf meiner Schwester zwischen den blauen Fensterläden. Ich lächle. Es ist der 2. August und die Ferien haben endlich begonnen.

8. KAPITEL

3. August

»Komm schon, Patty, beeil dich!«

Seit einer Stunde warte ich im Badeanzug und mit um den Hals geschlungenem Handtuch darauf, dass Madame geruht, aus ihrem Zimmer zu kommen. Ich sterbe vor Hitze. Wenn wir noch länger warten, ist das Wasser im Fluss vielleicht schon verdunstet.

»Ich kann nicht mitkommen!«, ruft Patty schließlich durch die Tür.

Als ich ihre weinerliche Stimme höre, werde ich blass.

»Was ist los? Bist du krank?«

Plötzlich wird die Tür aufgestoßen und Patty erscheint mit tränenüberströmtem Gesicht. Ihre Wimperntusche ist zerlaufen und über ihre Wangen ziehen sich schwarze Streifen. Ich muss kurz an ein Kapitel aus *Mein erstes Baby* denken. Die Überschrift lautet: *Wenn die Hormone verrücktspielen – depressive Verstimmungen in der Schwangerschaft*.

»Du hast eine depressive Verstimmung«, diagnostiziere ich.

»Allerdings!« Patty explodiert. »Schau dir an, wie ich im

Badeanzug aussehe! Als hätte ich eine Wassermelone verschluckt!«

Ich ziehe die Augenbrauen hoch und versuche, nicht zu lachen.

»Ich bleibe hier!«, ruft sie. »Ich bin eine fette Kuh! Total hässlich!«

»Quatsch! Wie kannst du nur so etwas sagen, Pat? Du hast einen runden Bauch, das ist alles. Der Rest hat sich fast gar nicht verändert. Nun komm schon!«

»Nein.«

Okay, jetzt brauche ich gute Argumente.

»Es ist niemand am Fluss«, sage ich. »Nur wir beide. Außerdem willst du dich doch wohl nicht den ganzen Monat hier im Haus verschanzen, nur weil du …«

»Ich hasse mich!«, brüllt Patty und fängt wieder an zu weinen. »Ich hätte abtreiben sollen! Das hätte mir wenigstens nicht die Ferien versaut.«

Plötzlich ist mir nicht mehr nach Lachen zumute. Das hier ist ernst. Der Badeanzug war der Funke und jetzt haben wir einen handfesten Waldbrand. Patty will mir die Tür vor der Nase zuschlagen, doch ich schiebe schnell meinen Turnschuh dazwischen.

»Hör zu, Patty«, beginne ich, während ich ihr in ihr Zimmer folge. »Du kannst jetzt nicht mehr zurück. Ich dachte, du wärst froh, das Baby behalten zu haben …«

Sie wirft sich auf das mit Klamotten übersäte Bett und schluchzt so heftig, dass ihre Schultern beben. Ich würde sie gerne bitten, sich nicht auf den Bauch zu legen, weil das keine empfehlenswerte Position im achten Monat ist, aber dies scheint mir nicht der richtige Moment für gute Ratschläge.

»Du weißt ja nicht, wie das ist«, schluchzt sie. »Sei froh, dass du noch Jungfrau bist. Kleiner Tipp unter Freunden: Kein Sex vor der Ehe!«

Ich bin sprachlos und mir steigt sofort die Röte ins Gesicht. Pattys Offenheit ist mir oft peinlich, aber das hier setzt wirklich allem die Krone auf!

»Im Moment geht es aber um dich«, sage ich vorsichtig.

»Ich, ich, ich … andauernd nur ich!«

»So ist das nun mal. Und soll ich dir was sagen? Mir ist es lieber, es geht um dich als um Papa und Mama. Schließlich ist es immer noch besser, schwanger zu sein, als tot, oder?«

Das hat gesessen. Pattys Schultern erstarren. Mit einem Schlag hört sie auf zu schluchzen. Nach einer Weile dreht sie sich zu mir um, das Gesicht völlig verunstaltet von den Wimperntusche-Strömen.

»Kannst du das bitte wiederholen, Mado?«

Ich weiß nicht genau, woran ich bin. Wird sie sich gleich bei mir bedanken oder mir eine runterhauen? Egal!

»Es ist immer noch besser, schwanger zu sein, als tot, oder?«, sage ich noch einmal.

Patty sieht mich mit großen Augen an, ohne sich zu bewegen.

»Daran hab ich noch nie gedacht«, murmelt sie schließlich.

Ich denke seit Wochen an nichts anderes. Immer wenn mich die Panik überkommt, spreche ich mir diesen Satz in Endlosschleife vor.

Patty setzt sich im Schneidersitz aufs Bett. Sie schnieft, wischt sich mit dem Arm über die Nase und starrt mich weiter mit einer Mischung aus Anerkennung und Furcht an.

»Den Satz hast du aus einem deiner verdammten Bücher, stimmt's?«

»Wenn es dich beruhigt …«

»Ja, das würde mich beruhigen«, gibt Patty zu. »Manchmal kommt es mir so vor, als hättest du die gesamte Intelligenz der Familie abbekommen und für mich wären nur ein paar Tropfen übrig geblieben, wenn du verstehst, was ich meine.«

»Ich verstehe, was du meinst. Aber so einfach ist das nicht, Patty. Du bist genauso intelligent wie ich …«

»… aber ich habe ›eine andere Art von Intelligenz‹.« Patty seufzt und verdreht die Augen. »Ja, ja, ich weiß. Das hat Mama auch immer gesagt.«

Ich setze mich neben sie, erleichtert, dass die Tränenflut abgeebbt ist.

»Mama hat das zu dir gesagt?«, frage ich neugierig.

»Ja. Als ich wegen dir Komplexe hatte.«

Ich schnappe nach Luft. »Wegen mir? Du hattest meinetwegen Kompl…«

»Mado ist so aufgeweckt, so intelligent, so neugierig, so nachdenklich«, leiert sie im Lehrerinnen-Ton herunter. »Es kann einen echt fertigmachen, wenn man das ständig zu hören bekommt.«

»Ich dachte, das wär dir egal …«

»Da mangelt es dir an Feingefühl, kleine Schwester!«

Ich antworte mit einem Lächeln.

»Ich habe deinetwegen auch Komplexe«, sage ich leise.

»Hör auf, Mado, gib dir keine Mühe. Das Kapitel ist abgeschlossen, es macht mir nichts mehr aus. Du bist das Gehirn der Familie und ich …« Sie zögert einen Moment, dann grinst sie breit. »Ich bin der Bauch!«

Sie prustet los. Okay, das Stimmungstief ist vorüber, zumindest erst mal. Ich behalte mein Geständnis für mich und gebe ihr einen Klaps auf den Oberschenkel.

»Gehen wir jetzt endlich baden? Sonst sitzen wir morgen noch hier!«

Patty springt auf und streicht sich über ihren runden Bauch. »Auf geht's! Ab ins Wasser, Baby!«

Der Fluss, der sich unterhalb der Siedlung dahinschlängelt, ist ein wunderbarer Ort. Mama liebte es, ganze Tage dort zu verbringen. Sie lag faul auf dem flachen Felsen, sprang ins Wasserloch und schwamm manchmal auch weiter weg, bis zu den Stromschnellen. Mama war ein richtiger Fisch.

Diese Freude am Wasser stammte aus ihrer Kindheit, die sie am Meer verbracht hatte, in Kelibia in Tunesien. Sie hat uns oft erzählt, wie sie mit drei Jahren beinahe instinktiv zu schwimmen begonnen hatte. Das Wasser war ihr Element. Jahrelang hatte sie aufs Ausschlafen verzichtet und war vor dem Morgengrauen aufgestanden, um ihren Vater zu begleiten, der mit seinem Motorboot zum Fischen hinausfuhr. Schweigend warteten sie darauf, dass die Fische anbissen, nur sie beide, bis das Brennen der Sonne unerträglich wurde. Dann sprangen sie ins Wasser und badeten lange, draußen im offenen Meer, weit weg von allem und jedem.

Beim Zuhören dachte ich immer, dass ich einen tollen Großvater gehabt hätte, wenn er nicht gestorben wäre, und es tat mir leid, ihn nicht kennengelernt zu haben. Die Familie meiner Mutter ist lange vor meiner Geburt mehr oder weniger ausgelöscht worden. Mein Großvater ist an einer schweren, unerklärlichen Infektion gestorben, meine Großmutter an einem Gehirntumor und mein Onkel kam während seines Militärdienstes bei einem Unfall ums Leben. Diese morbiden Geschichten haben mich immer fasziniert, ich fand sie sogar romantisch! Aber seit Papa und Mama selbst nicht mehr da sind, finde ich das weniger lustig. Manchmal frage ich mich, ob es das Schicksal darauf abgesehen hat, unsere Familie zu zerstören. Heimlich hoffe ich, dass meine Schwester diesem Fluch mit ihrem Baby ein Ende bereitet … Wer weiß?

»Mist!«, ruft Patty. »Sieh dir das an! Wir sind nicht allein.«

Ihre Stimme reißt mich aus meinen Gedanken. Auf Mamas flachem Felsen liegen zwei Badetücher in der Sonne.

»Ich gehe zurück.« Patty macht eine Kehrtwendung.

»Auf keinen Fall!« Ich greife nach ihrem Arm. »Jetzt sind wir den ganzen Weg heruntergekommen, nun bleiben wir auch hier.«

Patty verzieht das Gesicht. »Ob das die Holländer sind?«

Letztes Jahr sind wir dem holländischen Ehepaar, das das andere Haus gekauft hat, nur einmal kurz begegnet. Sie hatten den ganzen Juli renoviert und waren einen Tag nach unserer Ankunft wieder abgereist.

Als wir auf den Felsen zugehen, tauchen zwei Köpfe aus dem Wasser auf. Zwei Köpfe mit Taucherbrillen und Schnorcheln. Patty erstarrt. Sie umklammert das Handtuch vor ihrem Bauch, als hätte sie Angst, jemand könnte es ihr klauen.

»Hallo«, sage ich schüchtern.

Die beiden Taucher winken uns zu.

»Pff …« Patty ist sauer. »Ich hab keine Lust mehr zu baden.«

Ich ziehe sie trotzdem zum Fluss und breite mein Handtuch im Gras aus. Die Nachmittagssonne steht hoch am wolkenlosen Himmel und brennt heiß auf unsere noch blasse Haut.

»Jetzt komm schon«, sage ich zu Patty. »Wenn du erst mal im Wasser bist, sieht kein Mensch deinen Bauch.«

Sie folgt mir widerwillig und lässt sich schließlich doch ins kalte Wasser gleiten, wobei sie kleine unterdrückte Schreie ausstößt. Ich tauche sofort unter und verspüre dabei ein intensives Glück. Die Erinnerungen an Mama haben mir Lust gemacht, wie sie zu schwimmen, zu tauchen und zu leben. Wie ein Fisch.

Eine Weile schwimme ich von einem Felsen zum nächsten bis zu den Stromschnellen, dann treibe ich stromabwärts zurück, ohne auf die beiden Fremden zu achten, die inzwischen aus dem Wasser gestiegen sind, um sich abzutrocknen. Doch als ich wieder auftauche, trifft mein Blick den des einen Fremden. Es ist ein Junge, vermutlich etwas älter als ich, der mich lächelnd beobachtet.

»Du gut schwimmen«, ruft er mir in holprigem Französisch zu.

»Danke«, sage ich.

Ich sehe mich nach Patty um. Sie lässt sich in der Nähe des Ufers im flachen Wasser treiben. Als ich zu ihr schwimme, höre ich ihre Zähne klappern.

»Warum gehst du nicht raus? Du bist ja völlig durchgefroren!«

Sie zeigt zum Felsen, auf dem es sich die beiden Holländer bequem gemacht haben. »Meinst du, die hauen bald ab?«

Ich drehe mich um. Neben dem Jungen, der mich angesprochen hat, steht sein älterer Bruder mit einem Handtuch um die Hüften. Er scheint ungefähr so alt zu sein wie Patty und sieht mit seiner gebräunten Haut, dem muskulösen Körper und den nach dem Baden strubbeligen Haaren wie ein Filmschauspieler aus. Das macht die Sache nicht leichter.

»Hör zu, Pat, du willst ja wohl nicht vor lauter Scham erfrieren. Dreh ihm einfach den Rücken zu, dann kann er deinen Bauch nicht sehen …«

»Das sagst du! Der Typ schaut die ganze Zeit zu mir rüber.«

Ich klettere als Erste ans Ufer und hole das Handtuch meiner Schwester.

»Los, mach schon, zier dich nicht so!«

Mit vor Kälte blauen Lippen kommt Patty schließlich aus dem Wasser und macht dabei alle möglichen Verrenkungen, um ihren Bauch zu verstecken, bevor sie sich in ihr Handtuch wickelt.

»Ihr hier wohnen?«, fragt uns plötzlich der Filmschauspieler.

»Ja. Wir machen hier Ferien«, antworte ich.

»Oh!«, ruft der andere. »Wir auch Ferien.«

Wir lächeln blöde. Der Jüngere schwenkt eine Kekspackung. »Hunger?«

Patty und ich wechseln einen Blick.

»Gehen wir rüber?«, flüstere ich.

Etwas später sitzen wir zu viert auf dem Felsen und essen holländische Kekse. Patty hat sich ihr Handtuch wie einen Pareo umgebunden und man muss schon sehr genau hinsehen, um ihren Zustand zu erraten.

Die Jungs erzählen von einem riesigen Fisch, den sie im Wasserloch gesehen haben. Mit viel Mimik und Gestik erklären sie uns, wie sie ihn fast gefangen hätten. Patty entspannt sich mehr und mehr.

»Kennen Sie meine Land?«, wird sie vom Älteren gefragt.

Patty lächelt entzückt.

»Amsterdam! Ja, das kenne ich! Die Kanäle, der Hafen, die Fahrräder …«

Ich schaue sie an und schüttele den Kopf. Und das Krankenhaus, Patty? Du hast das Krankenhaus vergessen!

9. KAPITEL

8. August

Daan und Sander, die beiden Holländer, holen uns zum Baden ab, wie jeden Nachmittag seit unserer Ankunft. Sie kommen gegen zwei Uhr, mit um den Hals geschlungenen Handtüchern, und klopfen an die Küchentür. Ich lasse sie kurz rein und wir warten auf Patty, die noch im Bad ist und sich hübsch macht. Das ist in wenigen Tagen zum festen Ritual geworden.

Daan und Sander sind wahnsinnig nett. Wir haben auch ihre Mutter Britt kennengelernt, die wesentlich besser Französisch spricht als ihre Söhne und für uns übersetzt hat. Daan ist neunzehn, Sander sechzehn. Sie wohnen in Amsterdam. Ihr Vater musste früher zurückfahren, um zu arbeiten.

Als Britt erfahren hat, dass wir Waisen sind, hat sie etwas auf Holländisch gesagt. Ich glaube, es bedeutete so viel wie »Mein Gott, ist das traurig«. Dann hat sie für Daan und Sander übersetzt, dass unsere Eltern tot sind, und die beiden haben ganz seltsame Gesichter gemacht.

Zum Glück haben wir schnell das Thema gewechselt. Wobei Pattys Schwangerschaft ein absolutes Tabu ist. Ich darf kein Wort darüber verlieren, sonst ist sie bis in alle Ewigkeit sauer auf mich. Schon kapiert!

Damit sie keine Erklärungen zu ihrem runden Bauch abgeben muss, ist Patty jetzt zum Hippie-Stil übergegangen. Sie hat ein paar alte Kleider gefunden, die Mama im Schrank eingemottet hatte, und sie etwas aufgepeppt. Der Hippielook der Siebziger hat viele Vorteile. Die Kleider sind leicht, sehr weit und völlig unförmig. Ich finde, sie stehen Patty ausgesprochen gut, und Daan scheint ganz meiner Meinung zu sein.

Sobald Patty fertig ist, spazieren wir zu viert den Hohlweg zum Fluss hinunter. Sander und ich gehen voran, Patty und Daan folgen uns. Wir pflücken Brombeeren und zerstechen uns dabei die Finger, ich radebreche auf Englisch mit Sander über Gott und die Welt, das Wetter ist herrlich und diese wenigen Tage fühlen sich fast so an wie das Glück.

Patty badet natürlich nicht. Ihren Badeanzug hat sie endgültig weggepackt und Daan erklärt, sie hätte eine Wasserallergie. Ein echter Geistesblitz! Doch ihr hübscher Kavalier hat die Geschichte geschluckt, ohne mit der Wimper zu zucken, was meines Erachtens eher für seine Intelligenz spricht als für seine Naivität. Wenn er verstanden hat, dass es besser ist, Patty nicht zu widersprechen, dann hat er alles verstanden.

Sie bleibt also auf dem Felsen sitzen, während wir schwimmen gehen. Damit sie sich nicht langweilt, hat Daan ihr seine Kamera anvertraut und sie filmt uns bei unseren Heldentaten: Hechtsprung vom Felsen (vier Meter tief), Salto, Wasserakrobatik.

Wenn wir abends zurückgehen, laden uns Daan und Sander zu sich ein, um den Film des Tages auf ihrem Fernseher im Wohnzimmer anzusehen. Ihr Haus ist wesentlich besser ausgestattet als unseres, obwohl sie es erst letzten Sommer gekauft haben. Es gibt sogar ein Tischfußballspiel, was Patty die Gelegenheit bietet, vor Daan zu glänzen. So zahlt sich ihr intensives Training bei Lolo doch noch aus.

Britt ist Malerin und verbringt den ganzen Tag draußen in der Natur, mit ihren Leinwänden und Pinseln. Wenn sie von ihren Spaziergängen zurückkommt, sieht sie sich mit uns die Filme an, lacht und kreischt vor Schreck beim Anblick der gewagten Aktionen ihrer Söhne.

»Sie wollen euch beeindrucken«, sagt sie zu uns. »Aber die Felsen sind gefährlich …«

»Keine Sorge«, sagt Patty. »Wir haben die Situation im Griff.«

Ich dagegen glaube, wir haben gar nichts mehr im Griff. Die beiden Holländer haben uns komplett den Kopf verdreht. Ich muss ständig an Sander denken, ich träume von ihm, seufze, ohne es zu merken, lache wie eine Irre … und ich entdecke dieselben Symptome bei Patty, was Daan betrifft. Die fundamentalen Fragen über das Leben und den Tod haben sich in Luft aufgelöst, genauso wie die Sorgen wegen des Babys und der Dinge, die noch zu tun, zu verbergen oder zu verschweigen sind. Es gibt keine Tränen mehr, keine depressiven Verstimmungen und keine Verzweiflungsanfälle. Wir sind so leicht und flüchtig wie der Sommer, und ich muss zugeben, das tut verdammt gut!

Natürlich gibt es da noch diese nervtötende kleine Stimme, die aus den Tiefen meines Verstandes zu mir spricht und mich warnt. »Achtung, Mado, du fällst sehr tief, wenn das alles hier vorbei ist. Du wirst auf die Nase fallen, du dummes Ding!«

Aber ich habe keine Lust, ihr zuzuhören. Ich haue ihr rechts und links eine runter, jawohl! Wie kommt sie dazu, sich einzumischen, diese dumme Stimme? Ich habe schließlich das Recht zu leben, oder? Ich habe sogar die *Pflicht* zu leben. Und meine Eltern wären bestimmt die Letzten, die das anders sehen würden! Ich habe sie oft genug über ihr eigenes Unglück ausgefragt, um zu wissen, dass sie mir keine Vorwürfe machen würden. Papa und Mama haben beide auf verschiedene Weise Verlust, Trauer, Verlassenwerden und Einsamkeit durchgemacht. Als ich elf oder zwölf war, habe ich sie oft gefragt, wie sie es geschafft haben, so viele Schicksalsschläge zu überstehen. Ich konnte mir einfach nicht vorstellen, wie man trotz des Schmerzes weiterleben kann. Zu dieser Zeit war ich sehr romantisch veranlagt und glaubte, man könne auf die Grausamkeit des Schicksals nur mit Selbstmord oder Wahnsinn reagieren. Dass meine Eltern es geschafft haben weiterzugehen, zu atmen, nachzudenken, sich für andere zu interessieren, sich zu verlieben und schließlich sogar selbst eine Familie zu gründen, erschien mir übermenschlich.

Doch es ist nicht übermenschlich.

Es ist einfach nur menschlich.

Ich kann es nicht erklären. Es ist einfach so: Das Leben ist mächtig. Und die Liebe ganz besonders.

»Mado? Schläfst du?«

Pattys Flüstern in der Dunkelheit an meiner Zimmertür. Auf meinem Wecker ist es schon nach Mitternacht. Ich war so in meine Gedanken versunken, dass ich nicht gehört habe, wie sie die Tür geöffnet hat. Ich stütze mich auf einen Ellenbogen.

»Was ist los?«

»Ich kann nicht schlafen. Darf ich reinkommen? Ich hab Lust zu reden.«

Ich strecke den Arm nach der Nachttischlampe aus und knipse sie an. Patty kommt in ihrem weißen Baumwollnachthemd in mein Zimmer und setzt sich neben meinem Bett auf den Boden, das Kinn auf die Knie gestützt.

»Ganz schön heiß«, sage ich.

»Das ist es nicht …«

»Was dann?«

»Das weißt du doch ganz genau, Mado.«

»Ist es Daan?«

»Ja.«

»Bist du verliebt?«

»Ja.«

Mein Herz galoppiert in meiner Brust wie ein Rodeo-Pferd.

»Und du?«, fragt Patty. »Was ist mit Sander?«

Ich ziere mich ein bisschen, weil es mir peinlich ist, meine Gefühle zuzugeben.

»Komm schon, Mado! Du bist über beide Ohren verliebt, das ist nicht zu übersehen.«

»Ist es so auffällig?«

»Ja.«

Schweigen. Dann fangen wir leise an zu lachen. Das fühlt sich so gut an, dass ich mir sofort wünsche, es würde immer so bleiben. Das ganze Leben sollte so sein wie dieser Moment: Es ist sehr spät, draußen ist es noch warm, deine Schwester scheint plötzlich das tollste Mädchen der Welt zu sein und die Geheimnisse kommen dir ganz leicht über die Lippen und zergehen auf der Zunge wie Karamellbonbons.

»Was wirst du tun?«, fragt Patty. »Wirst du es ihm sagen?«

»Ich weiß nicht. Und du?«

Patty verpasst mir einen leichten Stoß mit dem Ellenbogen.

»Ich bin fünf Jahre älter als du, Mado, vergiss das nicht. Daan hat mich heute Nachmittag geküsst.«

Meine Laune verfinstert sich. Das Gefühl von Nähe und Vertrautheit ist vorbei.

»Du hast doch bestimmt schon mal jemanden geküsst, Mado, oder?«

Ich werde rot.

»Ich glaub's nicht!« Patty schnappt nach Luft. »Du hast noch nie jemanden geküsst?«

Ich hocke wie gelähmt unter meiner Decke.

»Du bist ja ein richtiger Spätzünder! In deinem Alter hatte ich schon mit tausend Typen herumgeknutscht.«

»Ich mag es nicht, wenn du so redest«, sage ich schroff.

»Ach nein? Wie soll ich denn sonst reden? Entspann dich, Süße. Wir leben nicht mehr im 19. Jahrhundert. Oder willst du deinen Sander vielleicht mit dem guten alten Taschentuch-Trick rumkriegen?«

»Das hab ich nicht gesagt. Du gehst mir auf die Nerven!«

»Du musst ihn unbedingt küssen.«

Ich stoße einen verzweifelten Seufzer aus. Jetzt sind wir

beim Kern des Problems angelangt. So wie Patty meinetwegen Komplexe wegen ihrer Intelligenz hatte, habe ich Komplexe wegen ihrem Umgang mit Jungs. Es kam mir immer vor, als würde sich Patty super mit Jungs auskennen und ich würde das nie, nie, niemals schaffen.

»Es ist ganz leicht«, erklärt mir Patty. »Du brauchst gar nichts zu tun, du musst es nur zulassen. Wenn Sander es möchte, passiert es ganz von selbst, wie durch Zauberei. Du bist wirklich viel zu kopfgesteuert, Mado.«

Zwei Nachtfalter flattern um die Lampe herum und verbrennen sich fast an der Glühbirne. Ich mit meiner seltsamen Fantasie sehe darin sofort ein Symbol für das, was Patty und ich gerade tun: Wir sind zwei Schmetterlinge, die sich die Flügel verbrennen werden.

»Meinst du, ich sollte Daan davon erzählen?«, fragt Patty. Ihr Ton ist plötzlich ernst.

»Wovon?«

»Von dem Baby.«

Ich beiße mir auf die Innenseite der Wangen.

»Weißt du«, fährt Patty fort, »wenn wir uns das nächste Mal küssen, will er mich bestimmt … in den Arm nehmen, mich berühren … Er wird meinen dicken Bauch zwangsläufig bemerken.«

Ich fahre mir mit der Hand über das Gesicht. Mein Gott, ist mir heiß!

»Ich habe über verschiedene Erklärungsmöglichkeiten nachgedacht«, sagt Patty. »Ich könnte ihm zum Beispiel sagen, dass ich unter krankhaftem Luftschlucken leide.«

Ich pruste los.

»Ja, ich weiß, das ist Mist …« Patty seufzt.

»Außerdem ist es echt schwer, das ins Holländische zu übersetzen.«

»Stimmt. Oder ich behaupte, ich würde als Leihmutter arbeiten, um den Lebensunterhalt für uns zwei Waisen zu verdienen.«

Ich muss noch mehr lachen.

»Was?«, ruft Patty ärgerlich. »Ich fand das gar nicht schlecht.«

»Das ist total weit hergeholt. Warum sagst du ihm nicht einfach die Wahrheit?«

Patty schüttelt energisch ihre weißblonden Haare.

»Wovor hast du Angst?«, frage ich leise.

»Ich habe Angst, dass er mich für eine … eine …«

»… für eine Schlampe hält?«

Das Wort ist mir so rausgerutscht, ohne dass ich darüber nachgedacht habe.

Patty sieht mich an, ihr Gesicht ist verzerrt. »Ist es das, was du über mich denkst, Mado?«

»Überhaupt nicht!«

»Warum hast du es dann gesagt?«

»Ich weiß nicht … Ich dachte, du hättest nach diesem Wort gesucht …«, stottere ich verwirrt. »Tut mir leid.«

Patty verzieht das Gesicht. »Du brauchst dich nicht zu entschuldigen.« Sie seufzt. »Genau dieses Wort wollte ich sagen.«

Ich lege die Hand auf ihre Schulter. »Daan ist kein Dummkopf. Er denkt sicher nichts Schlechtes von dir. Wenn du ihm alles ganz offen erzählst, wird er es schon verstehen.«

Ein unsicheres Lächeln erscheint auf Pattys Lippen.

»Also, wenn ich es ihm sage …«

»Was dann?«

»Wenn ich es ihm sage, dann küsst du Sander.«

Ich springe auf.

»Das ist Erpressung, Pat!«

»Vielleicht, aber es ist nur gerecht. Wenn ich über meinen Schatten springe, musst du es auch tun. Abgemacht?«

10. KAPITEL

9. August

Über Nacht sind dichte, dunkelgraue Wolken am Himmel aufgezogen. Als ich um zehn Uhr die Fensterläden meines Zimmers öffne, landet ein Tropfen auf meinem Gesicht. Eine Viertelstunde später geht eine wahre Sintflut über dem Haus nieder.

In der Küche liegt eine Nachricht von Patty auf dem Tisch: *Daan hat mich abgeholt. Seine Mutter leiht uns ihr Auto. Wir verbringen den Tag im Dorf, aber du bist nicht allein … Sander ist bei Britt geblieben. Viel Spaß!*

Ich lege den Zettel zurück auf den Tisch. Ich habe so tief geschlafen, dass ich weder gehört habe, wie Patty das Haus verlassen hat, noch, wie das Auto angesprungen ist. Ein Schauer läuft mir über den Rücken. Die Fliesen in der Küche fühlen sich unter meinen nackten Fußsohlen plötzlich eiskalt an. Patty lässt mich allein, sie lässt mich im Stich, klammheimlich und dann auch noch bei diesem Mistwetter … Eine Welle der Traurigkeit rollt über mich hinweg. Ich rede laut mit mir selbst, um mich nicht von ihr mitreißen zu lassen.

»Also gut, meine Liebe. Du bist mutterseelenallein. Was

soll's? Jetzt machst du dir erst mal ein leckeres Frühstück und dann …«

Die Worte bleiben in meiner zugeschnürten Kehle stecken. Die letzten Tage haben mich beinahe alles andere vergessen lassen, so schön waren sie, doch ein bisschen Regen und Stille reichen aus, damit all unsere Probleme auf einen Schlag zurückkommen: Papa, Mama, das Leben ohne sie, die ungewisse und beängstigende Zukunft. Ich fühle mich so zerbrechlich wie eine Kristallvase.

Während ich meine heiße Milch mit Honig umrühre, beobachte ich die verschlungenen Wege der Regentropfen auf der Fensterscheibe. Sie bewegen sich unterschiedlich schnell, beschreiben Zickzacklinien, begegnen sich, verschmelzen miteinander und setzen ihren Weg fort wie Dutzende kleine Fahrzeuge.

Ich halte mitten in der Bewegung inne, der Löffel schwebt über der Milchschale.

Fahrzeuge? Erst jetzt wird mir etwas Schreckliches klar: Patty ist zu Daan ins Auto gestiegen. Sie sind ins Dorf gefahren …

»Die Straße zur hohen Scheune!«, rufe ich.

Mein Magen zieht sich schmerzhaft zusammen. Daan ist erst neunzehn, wahrscheinlich fährt er noch nicht lange und sie haben DIE Straße genommen!

Ohne länger nachzudenken, werfe ich den Löffel auf den Tisch, springe zur Tür und stürze im Schlafanzug in den Regen hinaus. Ich renne zum Haus der Holländer, meine nackten Füße platschen durch die Pfützen. Als ich unter dem Vordach stehe, trommle ich wie eine Irre gegen die Tür.

»Mado?«, fragt Britt erstaunt, als sie mir öffnet. »Was ist los?«

»Du hast Daan und Patty dein Auto geliehen!«, brülle ich.

»Keine Sorge.« Britt lächelt. »Daan fährt sehr vorsichtig. Komm rein, Mado. Du bist ja ganz nass.« Sie tritt zur Seite und lässt mich ins Haus.

Ich werfe ihr einen verzweifelten Blick zu und schreie weiter. »Sie darf nicht über diese Straße fahren! Verstehst du? SIE DARF ES NICHT!«

Ich tropfe. Britt schließt die Tür, holt ein Handtuch aus dem Schrank und rubbelt mir die Haare trocken.

»Du wirst dich erkalten, Mado.«

»Erkälten«, verbessere ich. »Nicht erkalten.«

»Gut«, sagt Britt. »Aber sieh dich an! Du bist gar nicht angezogen.«

»Ich habe Angst, Britt. Die Straße zur hohen Scheune ist sehr gefährlich. Besonders bei diesem heftigen Regen ...«

Ich werde von den schlimmsten Visionen heimgesucht: das Auto, das ins Schleudern gerät, die Schlucht, Patty, die schreit ... Ich breche in Tränen aus.

Britt nimmt mich in die Arme und drückt mich an ihre Brust. Sie sagt Wörter in ihrer Sprache, die seltsam klingen und die ich dennoch verstehe. Nach einer Weile hüllen mich Britts Wärme und Sanftheit ein und ich beruhige mich.

»Möchtest du etwas essen?«, fragt Britt und zieht die Augenbrauen hoch.

Ich schüttle den Kopf. Meine Honigmilch wird gerade kalt, dort in unserem leeren und kalten Haus. Vor lauter Eile habe ich sogar die Tür sperrangelweit offen gelassen. Wahrscheinlich steht die Küche inzwischen unter Wasser, aber um nichts in der Welt will ich jetzt zurück. Britt zwinkert mir zu und bietet mir einen Stuhl an.

»Iss!«, ermuntert sie mich und schiebt mir ein Päckchen Toastbrot, eine Schale dampfenden Kaffee und ein Glas Marmelade hin.

Während die Brotscheiben im Toaster rösten und mir langsam wieder warm wird, macht sich Britt in der Küche zu schaffen, als wenn nichts wäre. Sie wäscht ein paar schmutzige Teller ab, fegt den Boden und räumt einen Schrank auf.

»Wusstest du, dass meine Eltern hier gestorben sind?«, frage ich nach einer Weile.

Britts Bewegungen werden langsamer. Ohne sich umzudrehen, antwortet sie, nein, das habe sie nicht gewusst. Also erzähle ich ihr die ganze Geschichte: der alte R5, die Todesstraße, die Bremsen, die versagt haben … Britt hört auf aufzuräumen und setzt sich mir gegenüber an den Tisch.

»Patty und ich haben beschlossen, diese Straße nie wieder zu benutzen, verstehst du?«, sage ich schließlich. »Darum habe ich Angst.«

Britt nickt. »Ich verstehe. Es ist sehr mutig von euch, in den Ferien wieder herzukommen. Aber mein Auto ist neu, weißt du? Die Bremsen sind nicht kaputt. Und Daan ist sehr vorsichtig. Besonders, weil Patty …«

Sie lächelt und macht eine Bewegung vor ihrem Bauch. Im ersten Moment bin ich nicht sicher, ob ich sie richtig verstanden habe, dabei ist die Geste eigentlich klar: Britt hat den Bauch einer schwangeren Frau angedeutet!

Als sie mein verblüfftes Gesicht sieht, fängt sie an zu lachen. »Dachtest du, ich hätte es nicht bemerkt?«

»Also sieht man es tatsächlich?«

»Allerdings«, bestätigt sie fröhlich. »Ich hatte auch einen dicken Bauch bei Daan und Sander.«

Einen Moment bin ich wie gelähmt. Das verschlägt mir glatt die Sprache. Meine innere Anspannung ist auf einmal wie weggeblasen. Wenn ich nur daran denke, welche Mühe sich Patty gegeben hat, ihre Schwangerschaft zu verbergen. Die Hippie-Kleider, ihre bescheuerten Ausreden – alles völlig umsonst!

»Daan hat es auch gesehen.« Britt muss sich das Lachen verkneifen. »Er ist wie ein Detektiv, stimmt's?«

»Du meinst, er ist ein guter Beobachter?«

»Genau.«

»Und ... was ... ich meine ... Stört es ihn denn gar nicht?«

Britt Augen werden groß vor Erstaunen. »Warum sollte es ihn stören? Das ist doch ganz natürlich!«

Jetzt bin ich diejenige, die lachen muss. Britt hat genau die richtigen Worte gefunden. Schwanger zu sein ist nichts, wofür man sich schämen muss. Es ist ganz natürlich! Diesen Satz muss ich mir unbedingt merken und Patty sagen, wenn sie zurückkommt.

»Oh! Guten Morgen, Mado«, ertönt plötzlich eine Stimme hinter mir.

Ich zucke zusammen. Sander steht in der Küchentür, die Augen noch ganz verquollen vom Schlaf.

»Sander ist ein Langschläfer.« Britt lächelt. »Er schläft wie ein Bär.«

»Es heißt ›schlafen wie ein Murmeltier‹«, erkläre ich, um meine Unsicherheit zu verbergen.

Britt steht auf und überlässt Sander ihren Platz. Er setzt sich mir gegenüber an den Tisch, um zu frühstücken. Plötzlich ist es mir furchtbar peinlich, im Schlafanzug hier in der Küche zu sitzen. Ich werde rot.

»Du bleibst, Mado!«, befiehlt Britt, der nicht entgangen ist, dass ich mich am liebsten aus dem Staub machen würde. »In eurem Haus bist du allein. Heute bist du wie meine Tochter, in Ordnung?«

Ich sehe sie an. Dann sehe ich Sander an, der wiederum mich ansieht. Es ist verrückt, wie viel man sich nur mit Blicken sagen kann.

Ich verbringe den restlichen Tag mit Sander. Es ist, als würde ich schweben, als wäre ich in einem fliegenden Haus, ohne Verbindung zum Erdboden.

Wir spielen mit seiner Konsole (eins von diesen internationalen Videospielen, bei denen man keine Verständigungsprobleme hat), ich erkläre ihm die Rommé-Regeln, er bringt mir ein paar niederländische Worte bei, dann hören wir in seinem Zimmer Musik und teilen uns den Kopfhörer seines MP3-Players. Wir sitzen auf dem Bett und mein Kopf ist seinem so nah … Ich müsste mich nur etwas zur Seite drehen, ich müsste nur …

Die Unterhaltung mit Patty letzte Nacht fällt mir ein. Ich habe ihr ein Versprechen gegeben, das ich niemals halten kann. Es übersteigt meine Kräfte. Wie schaffen es die anderen, sich zu küssen? Wie schaffen sie es, sich ihre Liebe zu gestehen? Ich denke an die unzähligen Generationen von Liebenden, die dies seit Anbeginn der Zeit durchgemacht haben. Auch meine Eltern müssen dieses unglaubliche Schwindelgefühl empfunden haben … Wie haben sie es geschafft, es zu überwinden? Sich zu küssen ist ›ganz natürlich‹, wie Britt sagen würde, aber mal ehrlich, dafür braucht man unendlich viel mehr Mut, als vom Felsen in den Fluss zu springen.

»Mado!«, ruft Britt plötzlich aus der Küche. »Patty und Daan sind zurück!«

Ich zucke zusammen und rücke von Sander ab. Er stellt die Musik aus und sieht mich an, wie mich noch nie jemand angesehen hat. Mir wird flau im Magen.

»Ich … ich muss jetzt nach unten und … Patty ist …«

»Ich weiß«, sagt Sander.

Und in diesem Moment legt er die Hand auf meine Schulter, zieht mich zu sich heran und drückt ganz sanft seine Lippen auf meine.

11. KAPITEL

9. August, abends

In *Mein erstes Baby* steht, dass Babys kein Gefühl für die Endlichkeit der Dinge haben. Jede Sekunde ihres kurzen Lebens bedeutet für sie die Ewigkeit. Wenn ein Baby seine Mutter sieht, ist es für immer mit ihr vereint. Wenn es sie nicht sieht, ist es für immer ganz allein. Der absolute Wahnsinn!

Heute kommt es mir so vor, als wäre ich wieder ein Baby. Als Sander mich geküsst hat, habe ich an die Ewigkeit geglaubt. Auch wenn es blöd klingt, ich habe es wirklich so empfunden. Deshalb erschien es mir unerträglich, als sich seine Lippen von meinen lösten. Ich habe mich an ihn geklammert, damit er mich noch einmal küsst. Und immer wieder und wieder und wieder … bis in alle Ewigkeit. Wahrscheinlich hat er mich für komplett verrückt gehalten. Aber er scheint keine Angst vor Verrückten zu haben, denn er hat mich nicht weggestoßen.

Trotzdem konnten wir nicht ewig in seinem Zimmer bleiben. In der Liebe ist die Ewigkeit nur ein Moment.

Patty und Daan saßen in der Küche, haben Eis am Stiel gegessen und Britt von ihrem Ausflug ins Dorf erzählt. Als sie uns erblickten, mit roten Gesichtern und zerzausten Haaren, fingen sie an zu lachen. Mein innerer Kessel war kurz vorm Explodieren, und Britt hat mir schnell ein Eis hingehalten, damit ich mich abkühlen konnte.

Sander hat sich neben Patty gesetzt und ich mich neben Daan. Mein Blick fiel sofort auf die Autoschlüssel auf dem Tisch. Diese zwei kleinen, gezackten Metallstücke, die eigentlich völlig harmlos sind, für mich jedoch die absolute Gefahr symbolisieren, den Tod, das Nichts … Da bin ich ausgeflippt.

»Habt ihr die Straße zur hohen Scheune genommen?«, habe ich gefragt.

Ein Schatten huschte über das strahlende Gesicht meiner Schwester. »Wir sind heil zurückgekommen, oder?«

»Ich hatte Angst, Patty.«

»Das hättest du dir sparen können. Daan ist ein sehr guter Fahrer.«

»Papa und Mama waren auch sehr gute Fahrer.«

Patty durchbohrte mich mit ihrem Blick. »Lass mich in Ruhe, Mado, du nervst!«

»Ach ja?« Meine Stimme klang schrill. »Was würde der Vormundschaftsrichter wohl sagen, wenn er wüsste, dass du mich den ganzen Tag allein lässt und mir vorher nicht mal Bescheid sagst? Dass du dich in deinem Zustand bedenkenlos in Gefahr begibst?«

Patty wurde blass vor Wut und Verblüffung. »Musst du immer alles verderben?«, zischte sie zwischen zusammengebissen Zähnen.

Britt verfolgte besorgt unser kleines Wortgefecht. Die Jungs haben nur Bahnhof verstanden und Britt hat ihnen ein paar Erklärungen zugeraunt.

»Wir hatten einander geschworen, diese Straße nie wieder zu benutzen«, schrie ich. »Schon gar nicht, wenn es in Strömen regnet! Aber du … du …«

Ich wusste nicht mehr weiter und habe mit der Faust auf den Tisch geschlagen. Sander mir gegenüber war wie gelähmt. Britt fasste mich bei den Schultern.

»Hör auf, Mado«, bat sie. »Patty lebt, es ist alles in Ordnung.«

Aber für mich war gar nichts in Ordnung. Ich hatte gerade den schönsten Tag meines Lebens erlebt, ihn aber wegen dieser dumpfen Angst nicht richtig genießen können. Seit dem Unfall hatte ich verlernt, mich gut zu fühlen, und es war, als würde mir dieses Glück Schmerzen zufügen. Ich habe Britts Hände abgeschüttelt, bin aufgesprungen und dabei ist der Rest von meinem Eis auf Daans Turnschuhe gefallen.

»Lasst mich doch alle in Ruhe!«, schrie ich. »Ich will allein sein!«

Ich ließ die anderen in der Küche sitzen und lief hinaus in den Regen, der immer noch vom Himmel strömte. Ich rannte zu unserem Haus und weinte dabei wie ein Schlosshund.

Die Küchentür hatte den ganzen Tag offen gestanden, und überall war Wasser, sogar unter dem Ofen und in dem Schrank, in dem Mama immer die Putzmittel aufbewahrt hat. Die Zugluft ließ die Türen knallen. Dieses Haus, leer, kalt, voller Wasser und Wut, war das genaue Abbild dessen, was sich in meinem Kopf abspielte.

Ich bin nach oben gelaufen und habe mich in meinem Zimmer eingeschlossen. Die Außenwelt hatte kein Recht mehr, mich zu stören. Ich wollte kein Glück und kein Unglück, ich wollte weder Patty noch Sander, Britt oder sonst jemanden. Ich hatte keinen Platz mehr dafür. Mein Herz war wegen Überfüllung geschlossen.

Und hier bin ich nun.

Der Wecker auf meinem Nachttisch zeigt 23.12 Uhr, ein Stromausfall muss ihn durcheinandergebracht haben.

Ich weine nicht mehr, aber ich bereue mein Verhalten so sehr, dass ich mich ohrfeigen könnte. Als ich den Kopf hebe, erblicke ich mich im Schrankspiegel. Ich finde mich furchtbar hässlich und dumm.

Vor gar nicht langer Zeit hat Sander mich in seinem Zimmer leidenschaftlich geküsst. Wir haben uns aneinandergeschmiegt. Noch nie habe ich so intensiv gelebt wie in diesem Moment. Ich hätte mich diesem Glücksgefühl einfach nur hingeben müssen, aber stattdessen … Was ist nur in mich gefahren? Es waren die Autoschlüssel. Ihretwegen bin ich durchgedreht.

Ein Geräusch lässt mich zusammenfahren. Jemand hat das Haus betreten. Ich setze mich auf und spitze die Ohren. Wenn Patty es wagt, an meine Tür zu klopfen, wenn sie es wagt, auch nur ein Wort an mich zu richten, dann … dann werde ich … Ich weiß nicht, was ich dann tun werde, aber auch wenn sie mich noch so sehr bittet, werde ich ihr nicht öffnen. Ich bleibe hier, in diesem Zimmer, für den Rest der Ferien. Oder für den Rest meines Lebens. Hey, das ist eine interessante Idee! Wenn ich mich für immer einschließe, kann mir nichts mehr passieren. Völlig logisch. Das perfekte Leben. Das Leben eines Einsiedlers!

»Mado?«

Das ist nicht Pattys Stimme. Sander?

»Mado, hör zu …«

Nein, das ist auch nicht Sander. Es ist Daan. Erstaunlich.

Daans Stimme dringt durch die Tür. »Ich dir etwas vorlese von uns alle.«

Er spricht langsam und stolpert über die Wörter. Ich höre, wie er ein Blatt Papier auseinanderfaltet.

»Komm biete zurück, Mado. Wir haben dich lieb. Britt hat Lasagne zum Abend…essen gemacht. Sander und Daan reise morgen ab.«

Ich springe auf, stürze zur Tür und reiße sie auf. Daan sieht mich entgeistert an.

»Ihr reist morgen ab?«, frage ich mit erstickter Stimme.

Daan schluckt schwer. Er hat die traurigsten Augen der Welt.

»Wir … nach Nederland«, antwortet er.

Er zeigt nach Norden, dorthin, wo ihr verdammtes Land liegt, so flach und so weit weg.

»Nein …«, stammle ich hilflos. »Es sind doch noch Ferien.«

»Für Britt Ende«, erklärt er. »Sie muss … malen … in …« Er sucht nach einem Wort, hebt die Arme, versucht, etwas pantomimisch darzustellen, und gibt schließlich entnervt auf. »Du verstehst?«

Ich breite die Arme aus und muss unwillkürlich lachen. Daan lächelt.

»Nicht mehr weinen«, sagt er. »Komm, Mado.«

Er hält mir die Hand hin – freundschaftlich, liebenswert. Ich bin zwischen so vielen heftigen Gefühlen hin und her gerissen, dass ich keinen klaren Gedanken fassen kann. Aber die Scham weicht dem dringenden Wunsch, einen letzten Abend mit Sander und Britt zu verbringen.

»Warte kurz«, sage ich. »Ich ziehe mich schnell um, dann komme ich.«

Ich schlage ihm die Tür vor der Nase zu und öffne hastig meinen Schrank, um etwas Angemessenes zum Anziehen herauszusuchen. Schließlich kommt es nicht jeden Tag vor, dass man sich von seiner großen Liebe verabschieden muss. Zum Glück! Mir steigen schon wieder die Tränen in die Augen, aber ich schlucke sie hinunter. Genug geweint! Ich nehme mein schönstes T-Shirt vom Kleiderbügel und greife nach dem lilafarbenen Rock und den Sandalen, dann versuche ich, ein halbwegs fröhliches Gesicht zu machen. Ein Lächeln für mein Spiegelbild, einen Klaps auf jede Wange … Wenn ich Patty wäre, würde ich jetzt mein Make-up auffrischen. Aber ich bin nicht Patty und die Zeit läuft mir davon.

»Sehr hübsch.« Daan lächelt mir zu, als ich aus dem Zimmer komme. »Sander very lucky!«

Ich werde rot und wir gehen nach unten. Dieses Mal achte ich darauf, die Küchentür ordentlich hinter mir abzuschließen. Der Boden ist klitschnass, aber darum können wir uns morgen kümmern. Es hat aufgehört zu regnen. Im Westen reißen die Wolken auf und lassen die Strahlen der untergehenden Sonne durch. Daan läuft neben mir her, genießt die Abendsonne.

»Du wusstest es also?«, frage ich plötzlich.

Er sieht mich an.

»Du wusstest das mit dem Baby?«

Er nickt.

»Patty mir hat gesagt. Heute, in Auto.«

Ich seufze. Warum kann er Patty nicht anbieten, der Vater für ihr Baby zu sein? Das wäre einfach genial! Ich würde Daans Schwägerin werden, Sander wäre eine Art Schwager für mich und Britt die ideale Schwiegermutter. Wir würden nach Holland ziehen, nach Amsterdam, und ich würde Niederländisch lernen. Aber daraus wird leider nichts. Daan ist zu jung. Er hat andere Dinge im Kopf. Außerdem ist Niederländisch eine völlig unmögliche Sprache.

Trotzdem wäre es toll.

Als wir Britts Haus betreten, duftet es nach Lasagne. Der Tisch im Wohnzimmer ist gedeckt, mit Tischdecke, zueinander passenden Tellern, Weingläsern und allem. Ich atme einmal tief durch und gehe direkt zu Patty, die sich auf dem Sofa ausgestreckt hat.

Als ich vor ihr stehe, sage ich: »Entschuldige bitte, es tut mir wirklich leid, ich hab's nicht so gemeint. Danke, dass ihr mich zurückgeholt habt. Danke.«

Patty sieht mich an. In ihren Augen schimmern Tränen, aber sie schafft es, nicht zu weinen.

»Ich verzeihe dir, Schwester Mado«, sagt sie so salbungsvoll, als wäre sie die Mutter Oberin. »Zur Strafe sollst du heute den ganzen Abend lachen, essen und tanzen.«

Ergeben knie ich mich neben sie. »So sei es, Mutter Patty. Ich nehme die Strafe an.«

Sie lächelt, dann verzieht sie das Gesicht und hält sich das Kreuz.

»Hast du Rückenschmerzen?«

»Ein bisschen. Nicht so schlimm, das geht vorüber.«

Ich berühre mit den Fingerspitzen ganz leicht ihren Bauch. In dieser Position ist »es« nicht mehr zu übersehen.

»Jetzt könnte ich es sowieso nicht länger verstecken, was?« Patty seufzt.

»Ist doch besser so, oder?«

»Ja. Daan hat vorhin seine Hände auf meinen Bauch gelegt. Er hat gespürt, wie das Baby sich bewegt hat.«

Ich mache große Augen.

»Willst du auch mal?«, fragt sie.

Sie nimmt meine Hand und legt sie seitlich auf ihren Bauch, gleich über der Hüfte. Zum ersten Mal bietet Patty mir an, ihren Bauch zu berühren und ihren Zustand mit ihr zu teilen. Da ist etwas unter meinen Fingern, es fühlt sich an wie eine kleine Welle.

»Und? Hast du es gespürt?«

»Ja …«

»Ist das nicht herzergreifend?«, fragt Britt plötzlich hinter mir.

Ich drehe mich um. Sie lächelt uns zu. Wenn Mama Patty so hätte sehen können, hochschwanger, mit dickem Bauch, dann hätte sie genauso gelächelt. Ganz genauso.

12. KAPITEL

Irgendwann zwischen dem 9. und 10. August

Nicht geschlafen. Keine Sekunde lang. Die Nacht durchgemacht mit Daan, Sander und Patty. Ohne Britt. Sie hat sich irgendwann diskret zurückgezogen und ist schlafen gegangen. Stundenlang Musik gehört. Noch nie so viel getanzt, schon gar nicht eng umschlungen. Unwirkliche Momente, die ich nie vergessen werde. Kann sie nicht wiedergeben, meine Gefühle nicht in Worte fassen. Sanders Mund, Sanders Arme, Sanders Augen. Eine Art Erdbeben, das meinen Körper erschüttert, genau so war es.

Morgens Müdigkeit und Traurigkeit. Britt steht auf. Koffer packen. Sander und Daan. Patty und ich. Unsere Herzen so schwer. Toastbrot zum Frühstück. Sonnenaufgang an einem vom Unwetter blitzblank gescheuerten Himmel. Es wird ein schöner Tag. Grauenhaft.

Britt, die mich in die Arme nimmt, stellvertretend für die Mutter, die nicht mehr da ist. Britt, die sanft über Pattys runden Bauch streicht und letzte Ratschläge erteilt. Rot geweinte Augen. Zettel mit unseren Adressen und Telefonnummern. Sanders Handschrift. Versprechen und Beteuerungen. »Ich liebe dich« auf Niederländisch sagen lernen.

Britts Bilder in extradickem Packpapier, aufgereiht im Kofferraum. Die unmittelbar bevorstehende Abreise. Mein Herz, das zu ersticken droht. Die Sonne, die meine betäubte Haut nicht wärmt. Zuschlagende Autotüren. Heruntergelassene Fensterscheiben, ihre Gesichter, traurig lächelnd. Warum muss man sich trennen? Warum ist das Leben so, wie es ist? Der laufende Motor. Adieu. Der auf dem Weg aufgewirbelte Staub. Adieu. Patty, die hinter dem Auto herläuft. Ich hinter ihr. Pattys Hand stützt ihren Bauch, das Auto fährt davon, mein armes Herz wird in Stücke gerissen. Ich hasse Holland und ich hasse die Malerei, die Welt der Erwachsenen und die beruflichen Zwänge, die uns daran hindern, einander einen ewigen August lang zu lieben. Adieu.

Patty und ich, verstört in der verlassenen Siedlung. Das Gewicht aller Dinge, das uns plötzlich niederdrückt.

13. KAPITEL

Später

Um uns herum hat sich nichts verändert, es sind immer noch dieselben Häuser, derselbe Hohlweg, der zu demselben Fluss mit denselben flachen Felsen hinunterführt, dieselben Grillen, dieselben Brombeersträucher, und dennoch ist nichts mehr wie zuvor.

Wenn man sich fünf Minuten Zeit nimmt, um darüber nachzudenken, ist es doch seltsam, welche Wirkung unsere Gefühle auf die Wahrnehmung lebloser Dinge haben. Ob man auch einen hässlichen Ort ins Herz schließen würde, eine Fabrik zum Beispiel oder ein Stück Niemandsland voller Müll, nur weil man dort seiner Liebe begegnet ist? Wenn ich Sander im fünften Untergeschoss eines Parkhauses kennengelernt hätte, würde ich dann dieses Parkhaus lieben? Würden die Betonpfeiler und das fahle Neonlicht einen geheimnisvollen Zauber auf mich ausüben? Ich habe keine Ahnung. Aber wenigstens lässt sich mein Kopf mit solchen Überlegungen eine Weile beschäftigen.

Patty kann leider nicht auf die großen Fragen der Ästhetik zurückgreifen, um sich abzulenken, und zu allem Überfluss ist ihr Bauch inzwischen so dick geworden, dass sie auf ihre

Lieblingsbeschäftigung, das Lackieren ihrer Fußnägel, verzichten muss.

Patty versinkt immer tiefer in einer bodenlosen Melancholie. Und wir können nicht mal fernsehen, um uns zu betäuben! Unsere Eltern waren diesbezüglich absolut unnachgiebig: Auf dem Land sollten wir (vor allem Patty!) uns entwöhnen, nicht nur von der verdammten Flimmerkiste, sondern auch von allen anderen Technologien, wie Computer oder Videospiele. Darum wurde bei den Renovierungsarbeiten weder ein Telefon- noch ein Fernsehanschluss gelegt. In der Ardèche sollten wir schwimmen, lesen, spazieren gehen, singen, lachen, die Sterne betrachten, reden oder nachdenken. NICHT fernsehen.

»Hast du Lust, schwimmen zu gehen?«, frage ich wider besseres Wissen.

»Nein.«

»Willst du … lesen?«

»Spinnst du?«

»Wie wär's mit einem Spaziergang?«

Keine Antwort.

Die restlichen Vorschläge behalte ich für mich. Ich schätze, Patty ist weder in der Stimmung zum Singen noch zum Lachen. Und die Sterne kann man mitten am Nachmittag sowieso nicht sehen. Also bleiben wir auf dem Sofa im Wohnzimmer sitzen und starren ins Nichts. Das absolute Nichts, das uns umfängt und aufsaugt wie ein schwarzes Loch im Weltall. So sitzen wir lange, lange.

Abends fühle ich mich so unbeweglich, als hätte ich mich in ein Kissen verwandelt.

»Hast du Hunger?«, frage ich.

»Nein.«

Etwas später erhebe ich mich endlich. Trotz meines Kummers knurrt mein Magen. Ich gehe in die Küche, wo das Regenwasser von gestern nicht getrocknet ist. Unter den Möbeln sind immer noch große Pfützen. Seufzend wate ich zum Besenschrank. Eimer und Wischlappen.

Das Putzen tut gut. Als ich alles aufgewischt habe, fühle ich mich etwas besser und beschließe, überbackene Käsetoasts zu machen. Vielleicht dringt der Duft ja in Pattys Nasenlöcher und erweckt sie wieder zum Leben. Ich nehme viel Butter und extradicke Käsescheiben. Wenn man traurig ist, braucht der Körper Fett. Ich stelle die beiden Teller auf ein Tablett und gehe zurück ins Wohnzimmer.

»Käsetoast! Käsetoast!«, singe ich. »Wer will einen Käsetoast?«

Plötzlich bleiben mir die Worte im Hals stecken. Patty sitzt nicht mehr auf dem Sofa. Und die Tür steht sperrangelweit offen.

»Patty?«

Ich stelle das Tablett ab.

»Patty?«, rufe ich lauter.

Draußen ist es schon fast dunkel. Was hat sie vor? Die Sterne betrachten? Mit einem mulmigen Gefühl im Bauch ziehe ich meine Turnschuhe an und verlasse das Haus.

»Patty!!!« Dieses Mal schreie ich. »Patty, wo bist du? Ich hab Käsetoasts gemacht!«

Nächtliche Stille. Ein leichter, kühler Wind erhebt sich zur selben Zeit wie der Mond am Himmel und ich bekomme eine Gänsehaut. Ich denke an den Gehirnschwund, der meine Schwester manchmal befällt. Was, wenn er ihre letzten grauen Zellen vernichtet hat? Was, wenn sie sich in den Kopf gesetzt hat, einfach fortzugehen, immer der Straße zur hohen Scheune nach, wie eine Landstreicherin?

»Patty!!!«, brülle ich und springe über die Gartenmauer.

Ich renne den Weg zu Britts Haus entlang. In der nächtlichen Dunkelheit, ohne eine einzige Straßenlaterne kann ich nichts mehr erkennen und die Angst nimmt mir den Atem.

Was, wenn Patty sich … umbringen wollte? Wir haben nie darüber gesprochen, aber der Gedanke ist ihr seit Papas und Mamas Tod bestimmt mal durch den Kopf gegangen. Ich habe auch daran gedacht. Nicht richtig ernsthaft, sonst hätte ich zumindest das Apothekenschränkchen durchwühlt und die Schlaftabletten gezählt. Aber ich habe daran gedacht.

»Patty!«

Ich renne immer weiter, im Zickzack, voller Panik. Britts Haus taucht vor mir auf, dunkel und massiv hebt es sich gegen den lila-schwarz verfärbten Horizont ab. Und dort, direkt vor der Tür, unter dem Vordach, erahne ich eine zusammengekauerte Gestalt.

»Patty?«

Ersticktes Schluchzen antwortet mir. Meine große Schwester ist da, ich habe sie gefunden, und vor lauter Erleichterung kommen auch mir fast die Tränen. Vorsichtig gehe ich auf sie zu.

»Was machst du hier?«, frage ich, obwohl ich das sehr gut weiß.

Sie hat sich auf der Fußmatte zusammengerollt wie ein herrenloser Hund. Ich hocke mich neben sie und berühre ihre Schulter. Ihre Haut ist sehr warm.

»Komm, wir müssen nach Hause.«

Ich ziehe sie sanft nach oben und ihr schlaffer Körper leistet nicht den geringsten Widerstand.

»Du zitterst.«

Sie steht mühsam auf, stützt sich auf mich und geht mit kleinen Schritten vorwärts. Der Wind bringt ihre gebleichten Haarsträhnen durcheinander. Schweigend kehren wir zu unserem Haus zurück.

Im Wohnzimmer lassen wir uns auf das Sofa fallen. Die Toasts auf den Tellern sind kalt geworden. Dafür ist Patty kochend heiß.

»Bleib liegen«, sage ich. »Ich hol dir eine Decke und eine Tablette.«

Während ich nach oben gehe, erinnere ich mich an all die Male, die ich als kleines Kind krank war. Mama hielt mich warm und ich verzog das Gesicht, wenn ich die in Wasser aufgelösten Schmerztabletten trank. Es war gleichzeitig angenehm und unangenehm, aber alles in allem eher angenehm. Mama sang arabische Wiegenlieder und las mir Geschichten vor. Sie redete nur noch im Flüsterton und ging auf Zehenspitzen durch die Wohnung. In meinem Zimmer waren die Vorhänge zugezogen. Alle anderen Kinder waren in der Schule und ich schlief mit einem Lächeln auf den Lippen ein, mein Bett ein warmes Nest aus Decken.

Oben im Bad finde ich ein Röhrchen Aspirin und ein Fieberthermometer, dann hole ich die Patchworkdecke aus Pattys Zimmer und laufe wieder nach unten.

»Nimm das.« Ich halte meiner Schwester ein Glas Wasser hin.

Folgsam schluckt sie eine Tablette und lässt sich zudecken. Ich stopfe ihr ein Kissen in den Rücken. Was kann ich sonst noch tun? Auf sie aufpassen, bei ihr bleiben … Aber sollte es ihr schlechter gehen, habe ich ein Problem! Ohne Telefon, ohne Auto und nun auch ohne Nachbarn müsste ich bis ins nächste Dorf laufen, um den Arzt zu benachrichtigen. Acht Kilometer! Dabei bin ich immer die Letzte beim Ausdauertraining in der Schule. Das kann ja noch heiter werden! Ich lege die Hand auf Pattys Stirn. Sie hat bestimmt nur eine Erkältung.

»Erkaltung«, wie Britt sagen würde.

»Wir schlafen heute Nacht beide hier unten, okay?«

Patty sieht mich an und versucht zu lächeln. Ich gehe in mein Zimmer, ziehe die Matratze vom Bett, stopfe mir die zusammengerollte Decke unter den Arm und kehre zu Patty zurück. Im Vorbeigehen schnappe ich mir *Mein erstes Baby*, um das Kapitel über Krankheiten in der Schwangerschaft noch einmal zu lesen.

Das Wohnzimmer verwandelt sich blitzschnell in eine Art Flüchtlingslager: Matratzen, Decken, Kissen, Wassergläser in Reichweite, dazu die Toasts und allerhand Klamotten. Patty scheint einzuschlafen. Die schlaflose Nacht, die Aufregung und das Fieber fordern ihren Tribut. Ich mache das Licht aus, lege mich auf meine Matratze am Fuß des Sofas, klemme mir Papas Taschenlampe unters Kinn und öffne das Buch bei dem Kapitel »Krankheiten während der Schwangerschaft«.

Bekommt eine schwangere Frau Fieber, sollte unverzüglich der Arzt aufgesucht werden, um Lunge und Atemwege abzuhören und eine gynäkologische Untersuchung durchzuführen. Fieber kann eine Fehlgeburt, vorzeitige Wehen oder das Absterben des Fötus' zur Folge haben.

Mir tritt der Schweiß auf die Stirn und ich schlage das Buch zu. Ich stütze mich auf den Ellbogen und richte den Strahl der Taschenlampe auf Pattys Gesicht. Sie schläft entspannt und ihr Atem geht leicht.

Ich schiebe das Buch so weit wie möglich weg, als könnten seine mit schrecklichen Wörtern gefüllten Seiten uns anstecken. Ich will nicht glauben, dass Patty richtig krank ist. Nicht jetzt! Nicht hier! Nein, nein, alles ist gut. Morgen ist sie bestimmt wieder fit, das Fieber ist verschwunden und unser Leben und die Ferien gehen weiter.

Bevor ich ebenfalls in einen bleiernen Schlaf sinke, denke ich an Sander, Daan und Britt, die inzwischen fast in Amsterdam sein müssten.

14. KAPITEL

11. August

Ein Stöhnen reißt mich aus dem Schlaf, obwohl gerade erst der Morgen graut. Im ersten Moment weiß ich nicht, wo ich bin. Zu Hause in unserer Wohnung? In meinem Zimmer im ersten Stock? Bei Britt?

»Ah! Verdammt!«, flucht Patty.

Mit einem Schlag bin ich vollkommen wach und mir fällt alles wieder ein: das Wohnzimmer, meine Matratze auf dem Boden, Pattys Fieber.

»Mado!«

Pattys Stimme kommt von der Toilette im Erdgeschoss. Sie klingt verzweifelt. Ich stürze zu ihr.

»Es tut so weh …«, stöhnt meine Schwester durch die Tür.

»Was? Was tut dir weh?«

»Der Bauch, verdammt! Und der Rücken! Es ist kaum auszuhalten!«

Das Blut rauscht in meinen Adern.

»Patty! Komm da raus!«

»Ich kann nicht! Es … es tut zu weh. Ich kann nicht!«

»Blutest du?«

»Ich weiß nicht.«

»Kommt der Schmerz in … in Wellen, mal stärker und mal schwächer?«

»Ja, genau!«

Alles, was ich in *Mein erstes Baby* gelesen habe, geht mir blitzschnell durch den Kopf.

»Du hast Wehen.« Ich spüre, wie ich von Panik überrollt werde.

»Ja!«, brüllt Patty. »Und ich will, dass sie aufhören!«

»Komm raus! Du musst dich hinlegen!«

Ich trete von einem Fuß auf den anderen. Das Fieber hat die Wehen ausgelöst! Gut möglich, dass Patty hier ihr Baby bekommt!

Endlich erscheint sie in der Tür, zusammengekrümmt, keuchend und mit rotem Gesicht. Ich hake sie unter und bugsiere sie zum Sofa. Die Treppe hinauf nach oben schafft sie es nie im Leben, also bleiben wir unten.

»Es ist etwas besser …«, keucht sie, als sie auf dem Sofa liegt.

Ich schaue sie an, als wenn sie … ich weiß nicht … ein Monster, ein Alien aus dem Weltall oder eine Todkranke im Endstadium wäre …

»Bleib ganz ruhig liegen, Patty. Beweg dich nicht. Hast du Durst oder …?«

Sie schüttelt energisch den Kopf.

»Kannst du mir ein Pfefferminz-Kaugummi holen, Mado? Ich hab einen ekligen Geschmack im Mund.«

Ich laufe in die Küche, froh, etwas tun zu können. Zum Glück habe ich an Kaugummis gedacht, als ich am Tag unserer Ankunft im Lebensmittelladen war. Sie liegen in Dreierpacks ganz hinten in der Schublade.

»Hier, nimm«, sage ich, als ich zurückkomme.

In diesem Moment muss ich an diese blöden Filmszenen denken, wenn jemand zum Tode verurteilt wurde und nach einer letzten Zigarette verlangt, bevor er aufs Schafott steigt. Patty ist glücklicherweise Nichtraucherin, aber es kommt mir vor, als würde ich ihr ihr letztes Kaugummi bringen. Sie stopft sich zwei Streifen in den Mund. Genau in diesem Moment verzieht sie wieder das Gesicht. Sie stößt einen Schmerzensschrei aus und hält sich den Bauch.

»Es geht wieder los, verdammt! Bitte nicht!«

Wie in Trance knie ich mich neben sie. Mir ist, als würde ich gleich in Ohnmacht fallen. Instinktiv lege ich die Hände auf ihren Bauch.

»Atme tief ein und aus«, sage ich. »Keine Panik, atme!«

Kurze Zeit später entspannt sich Patty wieder.

»Besser?«

»Ja, ein bisschen.«

Während sie wieder zu Atem kommt, kaut sie wie besessen auf ihrem Kaugummi.

»Ich muss Hilfe holen«, sage ich ernst. »Das Baby ist unterwegs.«

Hinter einem Schleier aus Tränen und ihren verschwitzten weißblonden Haaren starrt Patty mich entsetzt an.

»Ich will nicht!«, ruft sie. »Ich will nicht, dass das Baby kommt! Lass mich nicht allein, Mado!«

Eine neue Wehe rollt heran und sie verzieht das Gesicht vor Schmerz. Ihr Körper verkrampft sich, sie krümmt den Rücken, ihre Hände zucken unkontrolliert und schließlich sinkt sie zurück auf das Sofa. Sie fängt an zu weinen.

Ich greife nach dem Buch und blättere es hastig durch.

Die Kapitel fliegen vorbei: »Die ersten Anzeichen der beginnenden Geburt«, »Die Abfahrt ins Krankenhaus«, »Was gehört in den Koffer fürs Krankenhaus?«, »Der Kreißsaal«, »Die PDA« … Von wegen! Offenbar hat keiner der Autoren daran gedacht, dass meine Schwester ihr Baby in einem gottverlassenen Kaff in der Ardèche bekommen könnte, eines schönen Morgens im August, und die Einzige, die ihr helfen kann, ist ein bedauernswertes Mädchen von fünfzehn Jahren, das panische Angst hat … Und kein einziger Anästhesist im Umkreis von mindestens dreißig Kilometern! Die Zeilen verschwimmen vor meinen Augen.

Wenn der Abstand zwischen den Kontraktionen kürzer wird (weniger als zwei Minuten), informieren Sie Ihre Familie und lassen Sie sich ins Krankenhaus fahren.

Wütend werfe ich das Buch quer durchs Zimmer.

»Mado!«, schreit Patty. »Es tut so weh!«

Ich nehme ihre Hand.

»Wir schaffen das schon«, sage ich. »Es ist sowieso zu spät, um einen Arzt zu holen. Du musst hecheln wie … wie ein Hund. Ich bin gleich zurück.«

Ich stehe auf. Alles, was ich über Notfall-Entbindungen weiß, habe ich aus irgendwelchen Fernsehserien. Dort liegen die Frauen meistens in einer Kutsche, auf dem Rücksitz eines Taxis oder in einem Flugzeug, umgeben von Typen mit samtigem Blick, die ihnen raten, wie Hunde zu hecheln. Dann verlangen sie nach abgekochtem Wasser und einem sauberen Tuch. Woraufhin die Kamera einen Schwenk macht und man nichts mehr sieht, bis Babygeschrei zu hören ist. Meistens ist die Frau ohnmächtig geworden und verliebt sich, nachdem sie die Augen wieder aufgeschlagen hat, in ihren Retter … Ich muss mir heute ein etwas weniger schwachsinniges Drehbuch ausdenken.

Kochendes Wasser. Ein sauberes Tuch.

Das schaffe ich.

Während ich in der Küche hin und her laufe und die Schränke durchwühle, höre ich Patty keuchen und weinen, stöhnen und schreien. Es ist unerträglich, unendlich und unwirklich.

Als ich endlich wieder bei ihr bin, hat sie gerade eine weitere Wehe hinter sich. Sie wirkt erschöpft.

»Ich hab … ich hab mich vollgepinkelt«, jammert sie.

»Das macht nichts«, sage ich. »Ist doch völlig egal.«

Ich hebe die Patchwork-Decke an und schiebe ein sauberes Laken unter Pattys Beine. Auf dem Sofa prangt ein dunkler Fleck. Es ist weder Blut noch Urin. Patty hat Fruchtwasser verloren. Der letzte Schutzwall ist gefallen. So unglaublich es auch klingen mag, Patty wird also tatsächlich hier auf dem Sofa vor meinen Augen ihr Baby bekommen, in ein paar Augenblicken oder im schlimmsten Fall in einigen Stunden.

Ich stelle den Topf mit dem heißen Wasser auf den Boden, ohne zu wissen, was ich damit tun soll. Soll man das Baby damit waschen, wenn es auf der Welt ist, oder die Mutter oder was? Keine Ahnung. Patty lässt eine Kaugummiblase platzen.

»Was passiert jetzt?«, fragt sie kaum hörbar.

»Das Baby kommt heraus«, sage ich.

»Also gut«, murmelt Patty. »Bringen wir es hinter uns.«

»Du musst pressen.«

»Okay.«

»Es wird superweh tun.«

»Es tut jetzt schon superweh.«

»Es ist wie im Fernsehen«, füge ich hinzu, um mir Mut zu machen. »Der Film geht gut aus, aber vorher wird es furchtbar spannend.«

Patty gelingt ein Lachen, doch dann raubt ihr eine neue Wehe den Atem.

»Pressen!«, rufe ich.

Patty greift nach meiner Hand und drückt meine Finger so fest, als wollte sie sie zerquetschen. Ihr Gesicht wird knallrot. Die Wehe lässt nach. Patty lockert ihren Griff.

»Atmen! Geht's?«

»Bestens! Genauso … habe ich mir … die Ferien vorgestellt.«

Die nächste Wehe ist noch stärker als die letzte. Patty presst. Sie stößt einen Schrei aus. Meine Hand scheint mit ihrer zu verschmelzen. Eine bläuliche Ader tritt auf ihrer Stirn hervor. Ich halte die Luft an und presse mit, alle Muskeln angespannt.

Pause. Patty atmet tief durch und schluchzt ein paarmal. Auf dem Boden wird das Wasser im Topf allmählich kalt. Ich komme mir vor, als wäre ich in einem anderen Raum-Zeit-Kontinuum, irgendwo sehr weit weg von der Erde.

»O nein, nicht schon wieder!«, ruft Patty und reißt den Kopf hoch.

»Los«, sage ich. »Pressen!«

Sie umklammert meine Hand, zerrt an meinem Arm und kugelt mir fast die Schulter aus. Ihr Gesicht ist tränenüberströmt. Kaugummifetzen hängen an ihren Lippen. Sie presst so heftig, dass ich fürchte, sie könnte platzen. Und plötzlich ist es vorbei. Pattys Kopf sinkt zurück aufs Kissen.

»Das Baby …«, stöhnt sie. »Ich kann es spüren … Es ist nach unten gerutscht.«

Ich betrachte meine Schwester voller Angst und Bewunderung. Ich bin mir sicher, ich hätte niemals ihren Mut.

»Ich muss nachsehen, ob sein Kopf schon da ist«, sage ich ganz sanft. »Ist das in Ordnung?«

Sie nickt nur, zu erschöpft, um zu antworten. Mit klopfendem Herzen hebe ich die Decke an. Es ist verrückt, wozu man fähig ist, wenn es sein muss …

Gerade als ich einen Blick unter die Decke werfen will, fängt Patty wieder an zu pressen. Zwischen ihren Beinen erscheint ein kleiner runder Schädel voller dunkler Haare.

»Der Kopf ist da, Patty«, rufe ich. »Mach weiter!«

Patty schreit nicht mehr. Ich weiß nicht, was sie tut, denn ich kann den Blick nicht von dem kleinen Kopf abwenden. Ich bin wie hypnotisiert. Nach und nach taucht ein Gesicht aus den Tiefen ihres Körpers auf, dann ein Hals, Schultern, Arme … Ohne nachzudenken, greife ich vorsichtig nach dem winzigen Körper und helfe ihm dabei, sich aus seinem fleischigen Tunnel zu winden. Es fühlt sich unglaublich an: Das Baby ist gleichzeitig warm, klebrig, zart und lebendig. Als sich die Nabelschnur entrollt und auf das schmutzige Laken fällt, wird mir flau im Magen. Ich betrachte lieber wieder das Gesicht des Babys. Es öffnet den Mund … und stößt ein feines Quieken aus, ja genau, ein Quieken. Der seltsame Ton des Lebens.

In diesem Moment fange ich an zu weinen. Im Nu sind meine Wangen voller Tränen und ich schluchze heftig.

»Es lebt, Patty! Dein Baby lebt!«

Ich tauche unter der Decke hervor. Pattys Kopf liegt auf

dem Kissen, sie ist blass. Ihre Augen sind weit geöffnet. Sie lächelt mir zu wie ein müder Engel.

»Mädchen oder Junge?«

Ich zucke zusammen. Verflixt noch mal! Ich hab doch glatt vergessen nachzuschauen. Ich tauche wieder unter die Decke. Dort liegt das kleine Wesen zwischen den Beinen seiner Mutter. Seine Brust hebt und senkt sich im Rhythmus einer regelmäßigen Atmung.

»Ein Junge«, sage ich.

Sie schüttelt überrascht den Kopf.

»Ein Junge?«

»Hmm.«

»Das ist gut.«

»Wie fühlst du dich?«

»Geht so«, murmelt Patty. »Ich glaube, ich hab mein Kaugummi verschluckt.«

15. KAPITEL

Die nächste halbe Stunde ist wahrscheinlich eine der verrücktesten meines Lebens. Mithilfe der Anweisungen aus *Mein erstes Baby* betätige ich mich als Krankenschwester. Ich sterilisiere die Küchenschere mit Alkohol, schneide die Nabelschnur zehn Zentimeter über dem Nabel des Babys durch und klemme sie ab, genau wie es im Buch steht. Eigentlich braucht man dafür eine spezielle Klammer, aber ich behelfe mir mit einer Haarklammer von Mama, die ich oben im Badezimmer gefunden habe.

Als Patty gerade dachte, sie hätte es überstanden, wird sie von neuen Kontraktionen überrascht. Dieses Mal muss die Plazenta abgestoßen werden. Sie schafft es mit letzter Kraft. Mit angehaltenem Atem nehme ich diesen fleischigen Kokon, wickle ihn in ein altes Handtuch und werfe ihn in den Mülleimer.

Danach wasche ich das Baby mit einem lauwarmen Waschlappen, wickle es in einen Kopfkissenbezug und lege es auf die Brust der schlafenden Patty.

Schließlich setze ich mich auf einen Stuhl und schaue die beiden an.

Habe ich es gut gemacht? Oder schlecht? Keine Ahnung.

Ich weiß nur, dass ich es getan habe. Ich habe meinen Ekel und meine Angst überwunden. Ich habe es getan.

Na ja … eigentlich war es nur ein Teil von mir, der gerade die Regie übernommen hat: eine Mado, von der bis jetzt niemand wusste, eine Mado im Ausnahmezustand, deren Hirn und Hände ganz automatisch Erste Hilfe geleistet haben. Die echte Mado, die Fünfzehnjährige, die weder Blut sehen noch strenge Gerüche ertragen kann, hat sich wie betäubt irgendwo im Hintergrund verkrochen.

Ich muss an meine Geschichtsunterlagen und den Ersten Weltkrieg denken. Ich stelle mir die Soldaten vor, die in den Schützengräben saßen, im Matsch, zwischen Bomben und Leichen. Wahrscheinlich haben sie sich genauso gefühlt wie ich heute. Ein Teil von ihnen befand sich im Krieg, nahm ein Gewehr und setzte brüllend zum Sturm an, während ihr wahres Ich irgendwo wartete, weit weg von Tod und Schrecken.

Während Patty auf dem Sofa schläft, sage ich mir, dass ich gerade in gewisser Weise meine eigene Schlacht geschlagen habe. Nur dass ich keine Toten auf dem Gewissen habe, sondern ein neues Leben.

Das Baby bewegt sich leicht unter dem Laken. Es schläft, die Wange auf der Brust seiner Mutter. Ich sehe seine Nase, seine Stirn, seine Haare, seine zerzausten Wimpern. Es ist ganz klein, aber es scheint gesund zu sein. Ich empfinde nur noch grenzenloses Staunen.

Plötzlich lässt mich ein Motorengeräusch zusammenzucken. Ich muss einen Moment auf dem Stuhl eingeschlafen sein, aber ich bin mir sicher, dass nicht weit vom Haus ein Auto gehalten hat.

Ich stehe auf und werfe einen Blick nach draußen.

Drei Personen stehen vor dem Nachbarhaus: eine Frau in einem sommerlichen Kostüm und ein junges Paar in Shorts. Sie betrachten die bröckeligen Mauern und das mit Moos bewachsene Schieferdach, während die Frau im Kostüm gestikulierend auf die Gartenpforte zugeht. Jetzt erkenne ich sie! Es ist die Angestellte des Maklerbüros, die uns vor fünf Jahren unser Haus gezeigt hat. Damals hat sie dieselben ausholenden Handbewegungen gemacht und ich fand sie komisch mit ihren hohen Absätzen und der schrillen Stimme. Ich kann sie immer noch hören: »Natürlich will ich Ihnen nicht verheimlichen, dass es hier das eine oder andere zu tun gibt …«

Ich beuge mich vor und sehe, wie die drei Besucher den verwilderten Garten betreten. Wie lange wird die Besichtigung dauern? Zehn Minuten? Höchstens eine Viertelstunde. In meinem Kopf macht es klick. Das ist meine Chance! Ich muss die Gelegenheit nutzen und mit dem Auto ins Dorf fahren, um einen Arzt zu holen!

Ich kehre ins Wohnzimmer zurück. Patty schläft tief und fest, aber darauf kann ich jetzt keine Rücksicht nehmen. Ich schüttle sie sanft, um sie zu wecken.

»Hmm …«, knurrt sie. »Was ist?«

»Ich muss dich kurz allein lassen, Patty.«

»Kommt nicht infrage.«

»Doch. Hör zu! Draußen sind Leute. Sie fahren gleich zurück ins Dorf. Ich werde sie bitten, mich im Auto mitzunehmen.«

Patty öffnet die Augen.

»Du willst mich hier ganz allein zurücklassen?«

»Wir brauchen einen Arzt, Patty. Ich muss ins Dorf!«

Sie macht ein beleidigtes Gesicht.

»Und wenn das Baby anfängt zu schreien? Was soll ich dann machen?«, fragt sie verärgert.

Ich zucke ratlos mit den Schultern und betrachte das kleine Gesicht, das unter dem Laken hervorschaut.

»Gib ihm die Brust«, sage ich. »In dem Ratgeber steht ein Kapitel über das Stillen. Lies es, Patty!«

Ohne eine Antwort abzuwarten, gehe ich nach oben, um mich anzuziehen.

Als ich gerade das Haus verlassen will, ruft Patty nach mir. Sie hat sich aufgesetzt und hält das Baby ungeschickt im Arm.

»Du wirst keinen Arzt rufen«, sagt sie. »Das wäre ein großer Fehler.«

Ich starre sie ungläubig an.

»Ein Arzt würde mich und das Baby ins Krankenhaus schicken. Hundertprozentig.«

»Na und? Das wäre vielleicht auch besser, oder?«

»Denk doch mal nach, Mado! Im Krankenhaus fragen sie nach meinen Papieren und erfassen meine Daten. Dann haben wir im Handumdrehen den Vormundschaftsrichter, die Sozialarbeiterin und den ganzen Rest der Bagage am Hals, verlass dich drauf!«

»Aber …«

»Kein Aber! Wenn der Richter jetzt, mitten im August, erfährt, dass ich ein Baby bekommen habe, was wird er deiner Meinung nach tun?«

Ich zucke mit den Schultern.

»Er wird ausflippen, Mado! Hundertprozentig! Ich hab

ihm meine Schwangerschaft verschwiegen, verstehst du das Problem?«

Ja, allmählich fange ich an, das Problem zu verstehen. Diese Lüge durch Unterlassung könnte ein schlechtes Licht auf Patty werfen und sie die Vormundschaft kosten.

»Und du bist diejenige, die dafür den Kopf hinhalten muss«, sagt Patty abschließend. »Sie werden dich sofort abholen und ins Kinderheim stecken. Hundertprozentig!«

Ich spüre, wie mich der Mut verlässt. Was, wenn Patty recht hat? Ich sehe bereits die Mauern des Kinderheims vor mir aufragen, so hoch wie die eines Gefängnisses … Niemals!

»Aber was … was sollen wir denn jetzt …?«, stammle ich.

»Wir müssen Zeit gewinnen. Bis jetzt haben wir doch alles prima hingekriegt, oder?«

Ich nicke. Irgendwie schon, aber …

»Wir schaffen das auch alleine«, versichert mir Patty. »Du fährst jetzt ins Dorf und kaufst alles, was du im Supermarkt und in der Apotheke kriegen kannst. Windeln, Klamotten und Waschzeug für den Kleinen, etwas, um ihn zu füttern, und so weiter. Die Einzelheiten überlasse ich dir, du kennst dich da sowieso besser aus. Dann kommst du zurück und in ein paar Tagen sehen wir weiter. Bis dahin haben wir bestimmt eine Lösung gefunden. In Ordnung?«

Wie einfach und klar das alles aus Pattys Mund klingt! Tu dies, mach das, zack, bumm, und fertig. Ihre Welt ist so überschaubar wie in einer Fernsehserie … Aber wer muss sich denn zu guter Letzt mit der Realität herumschlagen?

Sie fasst mich an den Schultern und schüttelt mich. »Schlaf nicht ein! Ich hab keine Lust, stundenlang auf dich zu warten! Und nimm mein Portemonnaie und meine EC-Karte mit.«

Habe ich eine Wahl? Nein, nicht wirklich.

Trotzdem ist da eine kleine Stimme irgendwo in meinem Hinterkopf, die mir zuflüstert, lieber einen Arzt zu holen. Aber ich bin so verstört von den außergewöhnlichen Ereignissen, dass ich einfach aufstehe und das Haus verlasse, gehorsam wie ein kleiner Hund.

Draußen trifft mich der grelle Sonnenschein wie ein Hammerschlag. Die Grillen, der blaue Himmel, der leichte Duft nach wildem Fenchel, das Gurgeln des Flusses, alles erscheint mir seltsam.

Als ich auf das Auto zugehe, tritt die Angestellte des Immobilienmaklers aus dem Nachbarhaus. Sie lächelt strahlend und winkt mir zu.

»Guten Tag! Na, endlich Ferien?«

Was für eine wahnsinnig oberflächliche Frage!

»Ja«, antworte ich.

Sie kommt auf mich zu, die beiden Kunden im Schlepptau, und redet in demselben Tonfall weiter.

»Seid ihr schon lange hier?«

»Äh … eine Woche, nein, zehn Tage, glaube ich. Ich weiß nicht mehr genau.«

»Es ist ziemlich ruhig dieses Jahr, oder? Sind die Holländer gar nicht gekommen?«

Ich seufze. »Sie sind gestern abgereist.«

Die Maklerin wendet sich an das Kundenpaar. »Darf ich Ihnen Ihre zukünftige Nachbarin vorstellen?«

Das Paar nickt mir zu. Ich bin nicht in Plauderstimmung, darum komme ich gleich zur Sache.

»Fahren Sie ins Dorf zurück?«

»Ja, ich denke schon.« Die Angestellte lächelt mir zu. »Wir fahren ins Büro, um einige Papiere zu unterschreiben.«

»Würden Sie mich mitnehmen? Ich muss ein paar Einkäufe erledigen.«

Einige Stunden später kehre ich auf einem Traktor zu unserem Haus zurück. Der Fahrer, der mich per Anhalter mitgenommen hat, hat offenbar andere Dinge im Kopf und wirkt nicht sonderlich überrascht, ein Mädchen in meinem Alter zu sehen, das drei Packungen Windeln mit sich herumschleppt, außerdem eine Tüte mit diversen Medikamenten, Dosen voller Milchpulver, zwei brandneuen Fläschchen, Watte, Schnullern, Babyjäckchen, Stramplern für Neugeborene, die ich wie durch ein Wunder in dem winzigen Kurzwarenladen im Dorf ergattert habe, und einem kleinen blauen Teddybären, den ich kurzerhand auch noch auf die Einkaufsliste gesetzt habe.

Außerdem habe ich einen Stapel Gratiszeitschriften auf den Knien, die ich aus dem mit Werbung vollgestopften Drehständer in der Apotheke herausgefischt habe und in denen lang und breit erklärt wird, wie man sich um einen Säugling kümmert. Ich verbringe den acht Kilometer langen Heimweg damit, sie sehr gründlich zu lesen und mich zu fragen, ob ich auch nichts vergessen, die richtige Marke, die richtige Größe und das richtige Produkt gekauft habe.

Erst als ich wieder vor unserem Haus stehe und mich von dem Traktorfahrer verabschiedet habe, wird mir das Unglaubliche klar: *Ich bin über die Straße zur hohen Scheune gefahren!*

Und nicht nur das, ich hatte weder Angst noch musste ich weinen oder sonst was. Ich war so auf meine Mission konzentriert, dass ich auf nichts anderes geachtet und keinen Moment an Papas und Mamas Unfall gedacht habe!

Ich stehe wie gelähmt mitten auf dem Weg und habe einen dicken Kloß im Hals. Es ist ein bisschen so, als wäre ich über den Friedhof gegangen und hätte vergessen, am Grab meiner Eltern stehen zu bleiben. Als hätte ich sie verraten oder aufgegeben. Wie konnte ich erst in das Auto und dann auf den Traktor steigen und den Serpentinen dieser Straße folgen, ohne mich zu erinnern? Wie konnte ich einfach an etwas anderes denken? Es ist verrückt, aber alles, was mich beschäftigt hat, waren Windeln, Fläschchen, Salben, Milch … Ich habe an Patty und das Baby gedacht, aber keine Sekunde an versagende Bremsen, den Abgrund oder den Tod.

Ich schleppe die Einkäufe wie eine schwere Last zum Haus, stoße die Tür auf und will gerade meinen Schuldgefühlen nachgeben und in Tränen ausbrechen, doch Patty und das Baby lassen mir keine Zeit.

»Komm schnell, Mado!«, ruft Patty aus dem Wohnzimmer. »Ich kann nicht mehr!«

Ich eile ihr zu Hilfe. Meine dumme große Schwester sitzt steif wie ein Stock auf dem Sofa und der Kleine auf ihrem Arm schreit lauter als eine Sirene.

»Ich weiß nicht, was er hat, verdammt! Er brüllt schon die ganze Zeit wie verrückt.«

»Er hat Hunger«, sage ich.

»Ich hab versucht, ihn zu stillen«, rechtfertigt sich Patty schluchzend. »Es hat nicht geklappt. Ich trau mich nicht, ihn noch mal anzulegen. Meine Brüste tun weh, ich hab überall Krämpfe und …«

Sie sieht mich an und in ihrem Blick liegt die ganze Verzweiflung dieser Welt.

»Nimm du ihn, bitte.«

Ich gehe zu ihr und nehme ihr vorsichtig das Baby ab. Ich achte darauf, sein Köpfchen zu stützen, so wie es in den Gratiszeitschriften aus der Apotheke steht. Kaum ist sie von ihrer Last befreit, steht Patty auf und geht breitbeinig zur Toilette.

Ich schaue das Baby an, das den Mund öffnet und gurgelnde Laute von sich gibt.

»Na, na …«, sage ich in einem Ton, der hoffentlich beruhigend klingt. »Keine Sorge … Mado macht dir jetzt was zu essen.«

So finde ich mich also in der Küche wieder, um das erste Fläschchen meines Lebens zuzubereiten. Und ich fürchte, es wird nicht das letzte sein …

16. KAPITEL

Nacht vom 11. auf den 12. August

Ich liege neben Sander auf dem Bett. Wir teilen uns seinen Kopfhörer, aber ich höre keine Musik, sondern nur das Klopfen meines aufgeregten, entzückten und entflammten Herzens.

Von der Wand gegenüber lächeln mir Papa und Mama zu. Ich habe mir viel Mühe beim Zeichnen gegeben, auch wenn Britt vielleicht ärgerlich wird, falls sie die Filzstiftgesichter entdeckt. Aber die Liebe hat mich übermütig gemacht.

»Sollen wir baden gehen?«, fragt Sander.

Seltsamerweise verstehe ich ihn mühelos, als würde mein Geist durch eine Art Telepathie mit seinem kommunizieren.

Ich setze mich auf und merke plötzlich, dass das Bett auf dem Fluss treibt. Ich lache schallend und will gerade ins Wasser tauchen, als Patty im Zimmer erscheint. Sie hat sich die Haare zartlila gefärbt und ihre Augen sind mit Mascara verschmiert.

»Das Kabel!«, ruft sie. »Du musst das Kabel durchschneiden!«

Ich gerate in Panik. Der Kopfhörer scheint an meinem Ohr festzukleben … und am anderen Ende ist nicht mehr

Sander, sondern das schreiende Baby. Ich zerre mit aller Kraft am Kabel, ohne Erfolg. Das Baby schreit immer lauter. Patty kommt mit einer riesigen Schere in der Hand auf mich zu, sie wirkt beinahe bedrohlich.

»Das Kabel muss durchgeschnitten werden«, ruft sie mit seltsamer Stimme.

Ich fange an zu weinen. Nein, nichts muss durchgeschnitten werden! Sonst wird das Baby sterben! Sander taucht wieder auf. Er nimmt meine Hand und wir rennen los. Wir flüchten über die Straße, die in Serpentinen zum Dorf hinabführt … die Straße zur hohen Scheune.

»Nicht so schnell«, sage ich.

Aber Sander läuft immer schneller.

»Bremsen! Bremsen!«, schreie ich.

Hinter mir rollt das Baby über den Asphalt. Ich habe Angst, ihm wehzutun, aber ich schaffe es nicht, langsamer zu laufen.

»Mado!«, ruft Patty. »Ich brauche dich!«

Sie schwimmt im Fluss unterhalb der Straße. Hohe Wellen schlagen über ihr zusammen und sie schluckt Wasser, während der Vormundschaftsrichter auf dem Felsen sitzt und angelt, ohne sich um ihre Not zu kümmern.

Das Baby schreit. Patty ruft nach mir.

Sander umklammert meine Hand. Ich halte mir die Ohren zu und wir rennen davon. Ich weiß, ich werde es mein Leben lang bereuen, Patty nicht vor dem Ertrinken gerettet zu haben, trotzdem bin ich glücklich, mit Sander davonzulaufen.

Das Baby schreit. Patty ruft nach mir.

Hinter mir auf der Straße zur hohen Scheune sterben Soldaten aus dem Ersten Weltkrieg, als sie von feindlichen Granaten getroffen werden. Sie machen erstaunte Gesichter, dabei brauchen sie sich gar nicht zu wundern, denn es ist Krieg. Und im Krieg sterben Soldaten. Und die Babys schreien und Patty ruft nach mir. Ich stolpere, als sich meine Füße in den Barrikaden verfangen.

»Lasst sie nicht entkommen!«, ruft ein dicker Mann. Das muss der Kaiser sein. Er zeigt mit dem Finger auf mich. Die Barrikaden bestehen aus unzähligen Windelpackungen für Neugeborene. Ich laufe über Babyhände und das ist grauenhaft. Ich weine, ich schreie. Patty ruft nach mir und das Laub der Bäume fliegt mit dem Wind davon. Auch Sander wird fortgerissen. Plötzlich verstehe ich kein Holländisch mehr und davon werde ich wach.

»Ich verstehe kein Holländisch mehr«, sage ich laut.

Ich stütze mich auf den Ellbogen, bin ganz außer Atem und der Schreck sitzt mir noch in den Gliedern. Was für ein furchtbarer Albtraum! Ich brauche Licht. Ich bin in meinem Zimmer, in unserem Ferienhaus. Kein Kaiser, kein Soldat, kein Vormundschaftsrichter. Auch kein Sander … Ich lege eine Hand auf meine Brust. Mein Mund ist furchtbar trocken. Ich muss aufstehen und etwas trinken.

Ich öffne die Zimmertür, meine Beine zittern noch von dem Schreck. Der Albtraum ist vorbei. Trotzdem höre ich klar und deutlich das Weinen des Babys und Pattys Rufen.

Ich stehe im dunklen Flur und spitze die Ohren.

»Mado … Mado …«, stöhnt meine Schwester.

Es kommt von unten und ist völlig real.

Als ich das Wohnzimmer betrete, sitzt Patty mit dem Baby auf dem Arm auf dem Sofa. Sie ist in Tränen aufgelöst.

»Was ist los?«, frage ich, immer noch etwas benommen von meinem Albtraum.

»Ich weiß nicht, was ich tun soll«, schluchzt Patty. »Er hört nicht auf zu weinen … ich kann nicht schlafen!«

Ich schüttle den Kopf, um richtig wach zu werden, und gehe zu ihr.

»Hast du ihm sein Fläschchen gegeben?«

Patty schüttelt den Kopf.

»Ich weiß die richtigen Mengen nicht mehr«, stöhnt sie.

»Aber ich hab dir gestern Abend doch alles genau erklärt!«

Pattys Schluchzen wird lauter. Sie kann sich an nichts erinnern. Sie ist zu müde und angespannt. Unmöglich, ein Fläschchen zu machen.

»Okay«, sage ich. »Das kriegen wir schon hin.«

Ich nehme Patty das Baby ab und bitte sie, mit in die Küche zu kommen. Dort stehen die beiden Fläschchen auf dem Tisch, zur Hälfte mit Milchpulver und Wasser gefüllt.

»Siehst du, ich hab's versucht«, jammert Patty. »Aber es sah ganz anders aus als bei dir gestern. Das Pulver löst sich nicht auf, ich versteh das nicht!«

Ich seufze müde. Patty mit ihrem Gehirnschwund hat schon immer Schwierigkeiten gehabt, sich Zahlen zu merken. Was für eine Verschwendung! Wenn das so weitergeht, muss ich übermorgen wieder zur Drogerie und neues Milchpulver kaufen. Ich nehme das Baby vorsichtig vom rechten auf den linken Arm.

»Hast du das Wasser nicht gekocht?«, frage ich.

»Muss man das?« Patty zieht die Nase hoch.

Ich nicke frustriert. Die Uhr auf dem Backofen zeigt 3.14 Uhr. Ein Müdigkeitsfrösteln läuft mir über den Rücken.

Mir bleibt nichts anderes übrig, als noch mal von vorne anzufangen. Das Baby zappelt in meinen Armen und hört nicht auf zu wimmern. Es sieht mitleiderregend aus, aber das ist nichts gegen Patty, die barfuß vor der Spüle steht, nicht richtig angezogen, mit zerzausten Haaren, durchlöcherten Ohrläppchen und ihrer lächerlichen Eitelkeit, vom Schicksal gebeutelt, mit roten Augen und schlaffem Bauch … Ich muss lachen, als ich an die Fotos von den jungen Müttern in *Mein erstes Baby* denke: wie sie mit strahlenden Gesichtern und vor Glück leuchtenden Augen ganz und gar in sich ruhend für den Fotografen posieren. Patty ist heute Nacht in unserer Küche weit entfernt vom perfekten Mutterklischee!

Etwas später sind die Fläschchen ausgewaschen, das Wasser ist heiß und das Milchpulver gut verrührt. Pattys Gesicht hat sich etwas entspannt, als sie es sich mit dem Baby im Arm auf dem Wohnzimmersessel bequem macht. Der Kleine saugt wie verrückt und (endlich!) kehrt wieder Ruhe ein. Ich lasse mich aufs Sofa fallen und sehe meiner Schwester zu, die sich mit gerunzelter Stirn redlich bemüht. Ich seufze. Bruchstücke meines Albtraums ziehen vor meinen müden Augen vorbei. Ich sehe mich wieder auf dieser Straße mit Sander weglaufen. Ich weiß nicht, was mir realer vorkommt: in der nächtlichen Stille hier bei Patty und ihrem Baby zu sitzen oder wie eine Verrückte vor diesem Chaos davonzurennen? Vor zwei Tagen war noch alles normal. Ich war fünfzehn Jahre alt, hatte einen Freund und den ganzen Sommer vor mir. Alles war gut. Aber jetzt …

Das Baby hustet und verschluckt sich, als es etwas Milch wieder ausspuckt. Patty zuckt zusammen.

»He, was macht er da?«

»Er trinkt zu schnell«, sage ich. »Hast du nicht gesehen, dass man am Sauger unterschiedliche Geschwindigkeiten einstellen kann?«

Patty beugt sich vor und begutachtet den Sauger, während der Kleine wieder anfängt zu weinen.

»Willst du das nicht lieber machen?«, fragt Patty hoffnungsvoll.

Ich schüttele entschlossen den Kopf. Kommt nicht infrage. Das ist nicht mein Baby. Ich bin gerne bereit zu helfen, und ich glaube, was das betrifft, habe ich mich bisher ganz gut geschlagen, aber ich habe keine Lust, die gesamte Verantwortung zu übernehmen.

»Pff …«, seufzt Patty.

Ich muss zugeben, dass ich in diesem Moment unglaublich sauer auf sie bin. Ihre Leichtigkeit, ihre Sorglosigkeit … und wohin hat uns das geführt? Ferien im Eimer, Nächte im Eimer.

»Ich gehe wieder ins Bett«, sage ich. »Du schaffst das schon. Gute Nacht.«

Als ich die ersten Treppenstufen hinaufsteige, ruft Patty nach mir.

»Was ist?«, frage ich ungnädig.

»Es tut mir leid.«

Ich drehe mich um. Patty sieht mich an, verwirrt und kleinlaut. Ich zucke mit den Schultern und bin kurz davor »Schon gut, alles in Ordnung« zu sagen, doch dann überlege ich es mir anders und gehe ohne ein weiteres Wort in mein Zimmer. Soll sie ruhig ein bisschen allein sein mit ihrem schlechten Gewissen, das schadet ihr überhaupt nicht!

Als ich die Augen aufschlage, leckt ein Sonnenstrahl über den Boden und Staubkörner tanzen gemächlich im warmen Licht. Ich strecke mich wie eine Katze, endlich ausgeschlafen nach all den schlaflosen Nächten. Es muss schon spät sein. Ich rolle mich unter der Decke zu einer Kugel zusammen und nutze diesen Moment der Ruhe zum Nachdenken.

Vielleicht sollten wir unseren Urlaub früher beenden und in ein paar Tagen zurückfahren, wenn Patty wieder laufen kann, ohne wie eine watschelnde Ente auszusehen.

Vielleicht sollten wir die Sozialarbeiterin anrufen und um einen Termin bitten. Sie kann uns bestimmt helfen, das ist schließlich ihr Job! Und wenn wir sie auf Knien darum bitten, muss sie dem Vormundschaftsrichter ja nicht unbedingt etwas davon erzählen.

Ich drehe mich auf den Rücken und lasse den Blick über die Risse an der Decke wandern. Wie wird unser Leben von jetzt an aussehen? Zwei verwaiste Schwestern und ein kleines Kind! Ich stelle mir vor, wie das Baby auf allen vieren durch die Wohnung krabbelt ... Wir müssen eine Betreuung für die Tage finden, an denen Patty im Restaurant arbeitet. Aber die Abende sind kein Problem, denn dann bin ich da! Babysitter de luxe!

Ich ziehe die Knie unter der Decke an und schneide eine Grimasse. Ein Babysitter, der immer zur Verfügung steht, tja, das ist wirklich praktisch, könnte aber auf Dauer auch ziemlich anstrengend werden. Kein Ausgehen mehr und keine ruhigen Abende ... Außerdem können wir das Baby auf keinen Fall mit zu Lolo nehmen. Ein so winziger Junge in dieser verqualmten Luft und dann der Krach vom Flipperautomaten und das dreckige Lachen der Stammgäste – das geht gar nicht! Bei Licht betrachtet erscheint mir die Zukunft längst nicht mehr so idyllisch. Was also tun? Ihn ins Kinderheim stecken?

Ich schaudere. Ich würde lieber sterben, als auch nur einen Fuß in ein Heim zu setzen, wie kann ich es da in Erwägung ziehen, ein schutzloses Baby dorthin zu geben? Nein, das wäre zu grausam!

Ein furchtbarer Gedanke lässt mein Herz gefrieren. Es heißt entweder ER oder ICH. Wir befinden uns in den einander gegenüberliegenden Schalen einer Waage. Bei Kopf muss er gehen, bei Zahl ich. Und Patty steht zwischen uns und ist hin- und hergerissen!

Mit einem Ruck schlage ich die Decke zurück, springe aus dem Bett und gehe aus dem Zimmer. Ich muss mit Patty reden. Wir müssen eine Lösung finden, eine GUTE Lösung. Für uns drei!

Ich gehe ins Wohnzimmer. Niemand. Weiter in die Küche. Niemand. Toilette? Nobody.

Ratlos kehre ich nach oben zurück. Vielleicht hat Patty mit dem Baby ja ihr Zimmer wieder bezogen. Vorsichtig öffne ich die Tür, aber dort ist niemand. Bleiben nur noch zwei Räume: das Bad, das ebenfalls leer ist, und … das Zimmer von Papa und Mama.

Etwas angespannt gehe ich zum Ende des Flurs, ohne ein Geräusch zu machen. Seit unserer Ankunft haben wir dieses Zimmer nicht mehr betreten. Trauer und schmerzende Erinnerungen haben den Zugang endgültig versperrt. Für mich ist es ein verbotenes Heiligtum. Aber für Patty?

Ich drückte die Klinke herunter und öffne die Tür. Es ist dunkel im heiligen Zimmer, denn die Fensterläden sind geschlossen. Während sich meine Augen an die Dunkelheit gewöhnen, bleibe ich wie erstarrt auf der Schwelle stehen. Ich habe Angst, hineinzugehen und plötzlich meine Eltern vor mir zu sehen, wie früher, unter den Decken vergraben, friedlich schlafend. In dem Sommer, als ich zehn war, habe ich sie jeden Morgen geweckt. Ich bin zwischen sie geschlüpft, habe erst dem einen, dann dem anderen einen Kuss gegeben, und so begann der Tag, mit Kuscheln und Toben im Bett.

Mir kommen die Tränen. Ich hätte diese Tür nicht öffnen sollen. Ich hätte mir diese Bilder ersparen sollen.

Ein Abgrund des Schmerzes tut sich unter meinen Füßen auf. Ein finsterer, bodenloser Schlund, der mich in die Tiefe zieht. Ich verliere das Gleichgewicht, ich falle!

Plötzlich schlagen meine Hände auf dem staubigen Boden auf. Ich bin tatsächlich gefallen, aber der Abgrund existiert nur in meinem Kopf.

»Mado?«, fragt eine besorgte Stimme am anderen Ende des Flurs. »Was machst du da? Was ist passiert?«

Ich hebe den Kopf. Patty ist da. Sie kommt zu mir.

»Du hast geschrien«, sagt sie. »Alles in Ordnung?«

Ich begegne ihrem Blick, ohne ein Wort herauszubringen.

»Komm«, murmelt sie und zieht mich aus dem Zimmer. »Du solltest dort nicht reingehen. Das ist jetzt vorbei.«

Sie schließt die Tür und nimmt mich in die Arme. Ich schaffe es nicht einmal zu weinen. Die Tränen sind in meiner Brust gefroren.

Patty schüttelt mich. »Mado! Kipp jetzt bloß nicht um! Mado!«

In meinen Fingerspitzen kribbelt es, und ich spüre, wie

Patty mir auf die Wangen klopft und meinen Namen ruft, immer lauter. Ganz allmählich komme ich wieder zu mir. Meine Ohren öffnen sich und meine Augen nehmen ihre Arbeit auf, mein Körper existiert wieder.

»Na also«, seufzte Patty. »Du warst nicht lange weg.«

»Ich hab dich gesucht«, sage ich kaum hörbar.

»Ich war draußen. Wir waren spazieren, das Baby und ich. Du hast so schön geschlafen, da wollte ich es lieber außer Hörweite bringen. Von seinem Geschrei wärst du bestimmt aufgewacht.«

Meine Kehle ist schon wieder wie zugeschnürt und Tränen steigen mir in die Augen.

Patty streicht mir übers Gesicht. »Schluss jetzt! Keine Tränen mehr in diesem Haus. Oder willst du etwa dem Baby Konkurrenz machen?«

Ich schlinge die Arme um meine Schwester und drücke sie an mich, so fest ich kann. Dabei habe ich das merkwürdige Gefühl, endlich einen langen Tunnel zu verlassen und wieder in die Luft, das Licht und den Sommer einzutauchen.

17. KAPITEL

13. August, früher Nachmittag

Smaragdgrün, Eierschalenweiß, Rabenschwarz, Bonbonrosa, Babyblau. Die Nagellack-Fläschchen sind auf dem Küchentisch aufgereiht. Patty betrachtet sie mit dem Gesichtsausdruck eines Malers, der sein Meisterwerk schaffen will. Welche Farbe soll sie nehmen? Welche passt am besten zu ihrer heutigen Stimmung? Zu meiner großen Erleichterung stellt sie das schwarze Fläschchen zur Seite.

Heute ist Pattys Laune nicht düster. Sie hat es endlich geschafft, zu duschen und sich die Haare zu waschen. Morgens um sechs hat sie mir wie besprochen das Baby gebracht und ich habe mich bis mittags um den Kleinen gekümmert, während sie sich ausgeruht hat. Das hat ihr gutgetan. Ich hingegen hatte Mühe, wieder einzuschlafen, weil das Baby so unruhig war. Es hat kleine, unverständliche Schreie ausgestoßen, bis ich es schließlich auf meinen Bauch gelegt habe, auch wenn in den Zeitschriften steht, man soll das nicht tun.

Ich habe lange darüber nachgedacht, wie ich wohl als Baby war. Hat Mama mich auch auf ihren Bauch gelegt, um mich nachts zum Einschlafen zu bringen? Fand sie mich süß? Wenn ich dieses Baby anschaue, gelingt es mir nicht, es süß zu finden. Es ist klein und rot und hat ein seltsam plattes Gesicht.

Pattys Finger schweben zögernd über den Fläschchen. Plötzlich greift sie nach dem Nagellack in Bonbonrosa und beginnt mit einem seligen Lächeln, ihre Fußnägel zu verschönern.

»Du kannst dir gar nicht vorstellen, wie toll es ist, sich nach vorne beugen zu können«, sagt sie und stützt sich auf. »Ich hatte echt genug davon, wie eine wandelnde Tonne auszusehen.«

Ich sitze ihr gegenüber und starre ins Leere. Das Fenster ist geöffnet, draußen ist herrliches Wetter und ein leichter Wind spielt mit den Blättern des Feigenbaums. Im Wohnzimmer schläft das Baby auf der Matratze. Ich habe den Teddy danebengelegt, damit es etwas freundlicher wirkt.

»Woran denkst du?«, fragt Patty.

»Ich? An nichts.«

»Doch!« Patty lacht. »Du denkst an Sander.«

Ich zucke mit den Schultern, ein zaghaftes Lächeln auf den Lippen. Ich habe tatsächlich gerade an ihn gedacht. Ich habe versucht, mich ganz genau an seinen Mund zu erinnern und daran, wie es sich angefühlt hat, ihn zu küssen. Unser Kuss scheint mir gleichzeitig noch ganz frisch und ewig lange her zu sein.

»Und du? Denkst du oft an Daan?«, frage ich.

Patty hält mitten in der Bewegung inne, der Nagellack-Pinsel schwebt in der Luft.

»Ständig.«

Ich schaudere trotz der Hitze. Ihr Tonfall erlaubt keine spöttische Bemerkung.

»Und Luigi?«, wage ich nach einer Weile zu fragen.

»Der Idiot soll zur Hölle fahren!«

Ich runzle die Stirn. »Du solltest so etwas nicht sagen, Pat. Luigi ist schließlich der Vater deines Kindes.«

»Vergiss ihn.«

»Warum? Vielleicht freut er sich ja, wenn er von seinem Sohn erfährt.«

»Das würde mich sehr wundern. Wahrscheinlich turtelt er gerade mit dieser Tussi herum, dieser Caroline … Der kann mich mal.«

Ich gebe mich wieder meinen Träumereien hin, während Patty mit aus dem Mund gestreckter Zungenspitze den Pinsel eintaucht, Lack auf die Nägel streicht, wieder den Pinsel eintaucht, wieder Lack auf die Nägel streicht … Auch wenn ich diese Beschäftigung an sich völlig uninteressant finde, sehe ich Patty gerne dabei zu. Es ist ein Zeichen dafür, dass es ihr besser geht und alles wieder in Ordnung kommt. Ordnung ist wichtig im Leben. Sonst treibt man ziellos dahin, wie ein Stück Holz im Fluss.

Plötzlich kriege ich Lust, zum Fluss zu gehen. Ich will ins kühle Wasser tauchen, mich in der Strömung treiben lassen und auf dem flachen Felsen in der Sonne faulenzen. Ich frage Patty, was sie davon hält.

»Baden gehen?« Sie zieht eine Grimasse. »Bist du verrückt? Mein Nagellack ist noch nicht trocken.«

Na klar! Ich bin aber auch dumm. Also gut, was machen wir dann? Früher, als Papa und Mama noch lebten, sind wir manchmal ins Tal gefahren, um den gemächlichen Rhythmus der Ferien hier oben zu durchbrechen und etwas Abwechslung zu bekommen. Wir haben uns Pferde geliehen und einen Ausritt gemacht, sind klettern gegangen oder haben uns einfach nur ein Eis auf der Terrasse eines Cafés gegönnt. Heute brauche ich dringend frische Luft, ich muss raus aus diesem stickigen Haus, das nach Milch, schmutzigen Windeln und Baby riecht.

Wenn man vom Teufel spricht … Kaum habe ich an das Baby gedacht, fängt es wieder an zu schreien. Aus dem Augenwinkel sehe ich, wie Patty zusammenzuckt und in Richtung Wohnzimmer blickt.

»Verdammter Mist!«, murmelt sie. »Kann er uns nicht mal eine Stunde in Ruhe lassen?«

Ich werfe einen Blick auf die Uhr am Backofen. Das letzte Fläschchen ist kaum eineinhalb Stunden her.

»Was hat er?«, fragt Patty.

»Keine Ahnung.«

»Das ist echt ätzend«, sagt sie. »Ich hätte nicht gedacht, dass ein Säugling einem so auf die Nerven gehen kann.«

Sie taucht den Pinsel in das Fläschchen und macht mit dem linken Fuß weiter. Offenbar hat sie keine Lust, sich um das Baby zu kümmern. Ich war schon den ganzen Vormittag im Einsatz und sehe überhaupt nicht ein, jetzt schon wieder aufzustehen. Wenn ich so darüber nachdenke, sind diese Ferien wirklich seltsam. Seit wir angekommen sind, habe ich weder ein Buch geöffnet noch einen einzigen Brief geschrieben, nichts.

Das Baby schreit. Patty hüllt sich in künstlerisches Schweigen. Ich rutsche leicht genervt auf meinem Stuhl hin und her. Wenn sie glaubt, ich werde weich, hat sie sich geschnitten. Außerdem gefällt es mir überhaupt nicht, wie sie über den Kleinen spricht. Darf eine Mutter sagen: »Mein Baby geht mir auf die Nerven«? Wenn der Autor von *Mein erstes Baby* das hören könnte, würde er garantiert einen Herzinfarkt kriegen. Ihm zufolge ist eine Mutter so sanft wie Honig, entspannt wie ein buddhistischer Mönch und ihr kommt niemals auch nur ein einziges Schimpfwort über die Lippen.

Doch nachdem das Baby zehn Minuten lang ununterbrochen geschrien hat, halte ich es nicht mehr aus.

»Geh ihn holen, Patty! Es stresst mich, wenn er so brüllt.«

»Was kann ich dafür?«, erwidert sie. »Ich mach ihm nicht schon wieder ein Fläschchen. Sonst kotzt er mich bloß voll, so wie gestern Abend.«

»Vielleicht will er nur ein bisschen geschuckelt werden.«

»Das kann ich nicht.«

»Doch, das kannst du!«

»Nein.« Sie sieht mich kühl an. »Ich bin nicht dafür geschaffen, Mutter zu sein, Mado. So ist das eben und du solltest dich besser daran gewöhnen. Das Baby schreit, aber ich habe gerade etwas anderes zu tun. Wenn dich das Geschrei stört, dann hau doch ab.«

Ich springe von meinem Stuhl auf. »Ganz ehrlich, du hättest besser abtreiben sollen«, sage ich härter als beabsichtigt.

Ohne eine Antwort abzuwarten, stürme ich aus dem Haus und renne davon. Patty ist schrecklich, Patty ist abscheulich, Patty ist unreif und ich hasse sie! Ich laufe den Feldweg hinunter und biege zum Fluss ab. Ich fühle mich scheußlich. Scheußlich und müde. Ich bin mit den Nerven am Ende.

»Mir reicht's!«, schreie ich ins Leere. Die Brombeersträucher zerkratzen mir die Waden. »Mir reicht's, mir reicht's, mir reicht's!«

Meine Stimme dröhnt. Niemand kann mich hören, aber das ist mir egal.

Am Fluss greife ich nach einem Kieselstein und werfe ihn wütend ins Wasser. Dann noch einen und noch einen. Was sollen wir tun? Was wird aus uns werden? Die Steine plumpsen in den Fluss und ich schreie weiter, bis mich das Schluchzen, die Tränen und das schlechte Gewissen verstummen lassen.

Ich muss an meine Schulfreundinnen von früher denken. Judicaëlle, Maude, Olivia, Sabrina … Warum dürfen sie ein normales Leben führen und ich nicht? Warum?

Ich lege mich ins Gras. Der Himmel erdrückt mich. Die ganze Welt lastet auf meinen Schultern. Eine Welt, in der Tod und Leben ständig aufeinanderprallen, so heftig wie Luftmassen voller positiv und negativ geladener Ionen. Und ich bin ganz allein mitten im Gewitter.

Doch auch die heftigsten Gewitter ziehen irgendwann vorüber. Meins hat ein paar Stunden gedauert, doch dann war es vorbei. Ich habe lange geweint, danach bin ich baden gegangen und das kalte Wasser hat mich wieder zur Besinnung gebracht. Anschließend habe ich mich mit klappernden Zähnen auf dem Felsen trocknen lassen. Ich habe mit mir selbst geredet: »Sieh der Realität ins Auge, Mado. Du hast nur eine Familie und die ist sehr überschaubar. Sie besteht nur aus zwei Personen: Patty und dem Baby. Das Baby gehört jetzt zur Familie. Es ist das letzte Glied in der Kette, der letzte Yazinsky-Nachkomme, ob du es willst oder nicht.« Ich bin aufgestanden und habe in Richtung unseres Hauses geschaut. »Dort oben. Sie sind beide dort oben. Du darfst sie nicht im Stich lassen.« Dann bin ich zurückgegangen.

Es war spät. Ich hatte Hunger. Während ich den Hohlweg hinaufgegangen bin, habe ich mir gesagt, dass es an der Zeit wäre, dem Baby einen Namen zu geben. Wir können es nicht immer nur ›das Baby‹ nennen, als wäre es eine Sache.

Als ich die Haustür öffne, bin ich fest entschlossen, Patty um Entschuldigung zu bitten und ihr anschließend vorzuschlagen, den Kleinen zu taufen. Ich glaube, das würde uns allen dreien guttun.

Im Haus ist es still. Ich gehe ins Wohnzimmer und finde Patty schlafend auf der Matratze, das Baby dicht neben sich. Es hat die Augen geöffnet und betrachtet die Schatten an der Decke. Es ist ganz ruhig. Wenn ich Malerin wäre, würde ich diese Szene malen: meine Schwester und ihr Sohn im Abendlicht aneinandergeschmiegt, im August eines völlig verrückten Jahres. Das wäre schön.

Sollte ich Britt eines Tages wiedersehen, werde ich ihr von meiner Idee erzählen. Sie würde ihr gefallen. Ihr Bild würde überall auf der Welt ausgestellt. Es würde sie berühmt machen und Sander wäre stolz auf mich. Er würde mich ewig lieben. Wir wären so glücklich wie die Helden in den Märchen.

Ich stoße einen tiefen Seufzer aus. Hör auf, Mado. Du bist keine Malerin, und du weißt ganz genau, dass Märchen nicht Wirklichkeit werden.

Also gehe ich auf Zehenspitzen in die Küche, schließe die Tür hinter mir und futtere in Windeseile drei große Marmeladenbrote. Kopf hoch, Mado! Nur nicht den Mut verlieren!

18. KAPITEL

14. August

»Mado! Mado!«

Ein Schrei reißt mich aus dem Schlaf, mitten in der Nacht.

Ich fahre hoch, mein Herz klopft panisch.

»Mado! Mado!«

Ich renne aus dem Zimmer. Pattys Stimme kommt aus dem Bad.

»Was ist passiert?«, rufe ich, als ich ins Bad stürze.

Mein Gehirn registriert, dass es schon hell ist, aber mein restlicher Körper mag es nicht glauben. Patty steht vor dem Spiegel und macht ein triumphierendes Gesicht.

»Sieh dir das an!« Sie breitet stolz die Arme aus.

»Was?«

»Mach die Augen auf! Ich passe wieder in meine Jeans!«

Ich betrachte ungläubig die Beine meiner Schwester. Tatsächlich, sie trägt ihre schwarze Jeans, dieses schreckliche, völlig verwaschene Teil mit den Löchern an den Knien.

»Ist das nicht toll?« Sie wackelt mit den Hüften.

»Deshalb hast du mich geweckt?«

»Ja, klar. Das ist die beste aller Neuigkeiten, oder?«

Ich bin sprachlos.

»Guck nicht so, Schwesterherz!« Patty lacht. »Außerdem wird es sowieso Zeit, dass du endlich aufstehst. Es ist schon fast acht.«

»Fast acht …«

»Na ja, man darf allerdings nicht so genau hinschauen«, kommt sie zum eigentlichen Thema zurück. »Die oberen zwei Knöpfe gehen nicht zu, aber immerhin komme ich wieder rein!«

Sie hebt ihr Nachthemd. Darunter quillt ihr Bauch wie ein hässlicher Rettungsring über den Hosenbund. Ihre Hüften werden von dem festen Stoff der Jeans völlig eingezwängt.

Gestern Abend habe ich mich um das Baby gekümmert und es erst um Mitternacht an Patty übergeben. Es hat geweint. Wahrscheinlich hatte es Bauchweh. Ich habe noch mindestens zwei Stunden wach gelegen und voller Sorge und Anspannung auf die Geräusche aus dem Wohnzimmer gelauscht. Die Folge: Ich habe nur sechs Stunden geschlafen. Und jetzt weckt mich Patty, weil sie sich endlich wieder wie eine Vogelscheuche anziehen kann! Am liebsten würde ich sie auf der Stelle erwürgen, aber plötzlich schießt mir eine Frage durch den Kopf.

»Wieso hast du die Hose überhaupt mitgenommen?«

»Weil es meine Lieblingsjeans ist.« Patty begutachtet sich weiter im Spiegel.

»Kann schon sein, aber …«

Mir kommt ein furchtbarer Verdacht und ich denke blitzschnell nach. Wenn Patty kein Fieber gekriegt hätte, wäre das Baby erst im September gekommen. Das war der offizielle Geburtstermin. Eigentlich hätte sie die enge Hose zu Hause lassen müssen. Es ist nur ein dummes kleines Detail, aber ich kenne Patty. Sie ist nicht der Typ, der einfach wahllos irgendwelche Klamotten einpackt. Dafür ist sie viel zu eitel. Also hat sie die Jeans ganz bewusst mitgenommen. Was bedeutet, dass sie vorhatte, sie auch zu tragen. Was wiederum bedeutet, dass sie davon ausgegangen ist …

»Sag mir die Wahrheit!« Ich kneife die Augen zusammen wie Clint Eastwood.

Patty wirft mir im Spiegel einen fragenden Blick zu.

»Welche Wahrheit, Herr Inspektor?«

»Die Wahrheit über den Geburtstermin.«

Sie fängt an, die Ringe aus ihrem linken Ohr herauszunehmen. Wenn man die Dinger nicht pflegt, entzünden sich die Löcher. Es sieht immer aus, als würde sie ein Mofa zerlegen, wenn Patty ihre Piercings rausmontiert. Schrauben, Muttern, Bolzen, Motorschmiere …

»Wann sollte das Baby *wirklich* geboren werden?«

»Äh … im September. Hab ich doch gesagt.«

»Patty?«

»Was?«

»Hör auf, mich anzulügen.«

»Ich lüge nicht. Was soll das?«

Ich formuliere die Frage neu. »Warum hast du die Jeans mitgenommen, wenn du dachtest, du würdest bis zum Ende der Ferien mit dickem Bauch herumlaufen?«

Patty legt die Ohrringe auf die Ablage über dem Waschbecken. Sie sucht ganz offensichtlich nach einer plausiblen Antwort.

»Ich … keine Ahnung, Mado. Ich hab sie einfach so eingepackt, ohne nachzudenken. War doch jetzt im Nachhinein auch eine gute Idee, oder? Aua!«

Mit einem der Piercings hat sie sich ins Ohrläppchen gepikt. Ihre zittrigen Finger verraten sie.

»Die Wahrheit!« Ich verschränke die Arme vor der Brust und versuche, ein strenges Gesicht zu machen. Sie soll bloß nicht denken, dass sie sich so einfach rausreden kann.

»Du nervst mit deinen Fragen, Mado. Ich will mich jetzt in Ruhe fertig machen, okay?«

»Nein. Außerdem hast du mich geweckt, vergiss das nicht.«

»Tut mir leid, das hätte ich nicht tun sollen. Ich war einfach so glücklich und das wollte ich mit dir teilen. Du bist doch meine allerliebste Schwester, Mado …«

»Stopp! Versuch nicht, vom Thema abzulenken.«

Patty dreht sich um. Sie sitzt in der Falle und sie weiß es. Das ist meine Chance!

»Deine Schwangerschaft war schon weiter fortgeschritten, stimmt's?«, frage ich. Als sie nicht antwortet, mache ich weiter. »Du wusstest, dass das Baby im August kommen würde.«

Patty verdreht die Augen. »Ja, ich wusste es.«

Es ist, als hätte ich hinterrücks einen Hammerschlag auf den Kopf bekommen. Oder einen Messerstich in den Rücken. Das haut mich komplett um. Sie wusste es! Sie hat mich angelogen! Mich zum Narren gehalten! Sie hat mit mir und dem Leben des Babys gespielt … von ihrem eigenen Leben ganz zu schweigen. Das ist so verrückt, dass es mir glatt die Sprache verschlägt.

Patty sieht mich mit ihren Unschuldsaugen an.

»Hör zu, Mado, mach jetzt bitte keine Staatsaffäre draus. Es stimmt, ich hab dich angelogen. Na ja, eigentlich nur ein bisschen. Ich hab einen Schwangerschaftsmonat unter den Tisch fallen lassen, das ist alles. Das ist nicht das Ende der

Welt, oder? Es ist doch sowieso vorbei, also warum regst du dich auf?«

Sie sieht es nicht.

Sie versteht es nicht.

Sie will nicht, dass ich eine Staatsaffäre daraus mache.

»Ist doch alles gut gegangen«, fährt sie fort. »Dem Baby geht's gut, ich bin topfit … Tut mir leid, dass ich dich angelogen haben, okay?«

Okay?!

In der wunderbaren Welt der Patty Yazinsky verzapft man riesengroßen Mist, entschuldigt sich und alles ist wieder *okay*. Das war's, wir schlagen eine neue Seite auf, palim-palim, und die Geschichte geht weiter. Toll! Der Haken an der Sache ist nur, dass ich nicht in dieser wunderbaren Welt lebe. Ich nehme die Dinge ernst, das war schon immer so. Und diese Lüge übersteigt meine Vorstellungskraft.

»Ist dir eigentlich klar, was du getan hast?«, frage ich völlig entgeistert. »Du hättest bei der Geburt sterben können! Du oder das Baby! Es hätten die schlimmsten Dinge passieren können. Wir waren hier völlig allein, weit weg vom nächsten Krankenhaus. Du wusstest es! Du hast dich darauf verlassen, dass ich die Hebamme spiele. Du bist ja total irre! Man sollte dich in eine Anstalt stecken!«

Ich stürme aus dem Badezimmer. Das ist zu viel für mich, ich kann es einfach nicht glauben. Ich lege mich jetzt einfach wieder ins Bett, und wenn ich aufwache, fängt der Tag noch mal von vorne an. Dann war alles nur ein böser Traum.

»Warte, Mado!«

Patty taucht im Flur auf. Durch die Löcher in ihren Ohren scheint das Licht wie durch einen Schweizer Käse. Das sieht so seltsam aus, dass ich tatsächlich träumen muss. Ich habe einen Albtraum, ganz klar.

»Versuch, dich eine Sekunde in meine Situation zu versetzen«, bittet sie, während sie auf mich zukommt. »Wenn ich dir die Wahrheit gesagt hätte, wären wir nicht in die Ferien gefahren.«

Ich sehe sie misstrauisch an.

»Du hättest gewollt, dass wir zu Hause bleiben und ich mich für einen Geburtsvorbereitungskurs anmelde ... Du hättest Gott und die Welt informiert, Luigi eingeschlossen. Wir hätten dem Vormundschaftsrichter und der Sozialarbeiterin Bescheid sagen müssen ... Das wollte ich alles nicht.«

Wenn das hier eine Fernsehserie wäre, würde ich längst in der Küche stehen und mir einen Whisky hinter die Binde kippen.

»Lass uns frühstücken«, schlägt Patty vor. »Dann können wir reden. Ich verspreche dir, dich nicht noch einmal anzulügen.«

Sie streckt mir die Hand hin wie ein vierjähriges Mädchen, das um Verzeihung bittet, weil es alle Bonbons aufgegessen hat. Wenn sie wirklich erst vier wäre, wäre ich gerührt.

»Komm schon, Mado. Bitte!«

Kurze Zeit später sitzen wir in der Küche. Ich habe eine Schale heiße Milch und einen Stapel Zwieback vor mir. Wir schweigen lange, aber irgendwann habe ich das Bedürfnis, alles noch einmal durchzugehen.

»Wann hast du den genauen Geburtstermin erfahren?«

»In Amsterdam.« Patty seufzt. »Dort haben sie mich gründlich untersucht und mir den Termin gesagt.«

»Was genau haben sie dir gesagt?«

»Dass das Baby Mitte August auf die Welt kommt.«

»Gut. Und dann?«

»Also … sie haben mir erklärt, die Schwangerschaft wäre tatsächlich schon zu weit fortgeschritten für eine Abtreibung.«

Ich erinnere mich an unser Telefonat an jenem Samstagabend, kurz bevor ich zu Jeanne gegangen bin, um bei ihr zu übernachten. Patty hatte mir erzählt, sie wäre im Hotel. Ein paar Tage später hat sie gestanden, dass sie im Krankenhaus war … Aber sie hat mir damals nicht alles gesagt! Pattys Lügen sind wie Kängurus: Sie haben Beutel, in denen ihre Jungen sitzen …

»Also hast du gar nicht selbst entschieden, das Baby zu behalten?«

»Nein.«

»Gut.«

»Okay, ich hab mich ziemlich dumm angestellt«, gibt Patty zu. »Aber es war nicht meine Schuld! Da warst du, das Restaurant, das Leben … Ich hatte keine Zeit, mich um alles zu kümmern, verstehst du?«

»Und jetzt?«, frage ich. »Glaubst du, du hast Zeit, dich um das Baby zu kümmern?«

Patty macht einen Schmollmund.

»Ich wusste, dass du mir eine Moralpredigt halten würdest. Du bist schlimmer als Papa und Mama zusammen!«

Der Löffel fällt mir aus der Hand. Klirr! Dass sie sich so was zu sagen traut, finde ich irgendwie … unpassend. Ja, das ist das richtige Wort.

»Soll ich etwa applaudieren?«, frage ich trocken.

»Nein. Ich erwarte nur ein wenig Verständnis. Ich bin nicht völlig verblödet. Ich weiß, ich habe Mist gebaut. Und die größte Dummheit war, mit Luigi zu schlafen.«

Ihr Kinn beginnt zu zittern. Ich ziehe den Kopf ein und bete, dass Patty die Tränen zurückhält, aber die Götter erhören mich nicht. Patty fängt an zu weinen.

»Es war … es war kurz nach dem Unfall. Ich war völlig durch den Wind, das kannst du mir glauben, Mado! Es hat so wehgetan, dass ich am liebsten den Kopf gegen die Wand geschlagen hätte. Aber das ging nicht, weil du ja auch noch da warst. Alle haben von mir erwartet, dass ich mit der Situation zurechtkomme. Ich war schließlich die Erwachsene, die dich trösten, dir helfen und dich ermutigen sollte. Das war alles zu viel für mich! Und dann lief mir auch noch dieser Idiot Luigi ständig hinterher … Irgendwann hab ich ihn einfach gelassen. In diesem Moment hat es mir gutgetan. Er war nett, das stimmt schon. Endlich hat sich jemand um mich gekümmert!«

Tränen tropfen in meine Milchschale. Na toll, jetzt heule ich auch wie ein Schlosshund. Ich stehe auf und knie mich vor Patty, die mit gegen die Wand gelehntem Rücken auf dem Boden zusammengesunken ist.

»Ich mache dir keine Vorwürfe«, sage ich zwischen zwei Schluchzern. »Hör zu, Patty! Du hast getan, was du konntest. Ich verspreche dir, keine Moralpredigten mehr zu halten. Du bist doch alles, was ich noch an Familie habe … und wir zwei dürfen einander nicht verlieren!«

Sie breitet die Arme aus und wir schmiegen uns aneinander, wie so oft in letzter Zeit. Das pure Melodrama!

»Ich bin so eine Versagerin!«, heult Patty. »Du verdienst

eine bessere Schwester, aber … aber ich schaffe es einfach nicht, ein besserer Mensch zu werden, Mado. Schon als kleines Mädchen wollte ich immer so sein wie du, so klug, mutig und verantwortungsbewusst … Aber ich schwör dir, das ist einfach zu schwer für mich!«

»Du bist prima so, wie du bist, Pat. Versuch nicht, wie ich zu sein. Eine Langweilerin in der Familie reicht.« Ich muss trotz meiner Tränen lachen. »Du hast zwar Mist gebaut, aber du hast einen verdammt guten Schutzengel. Alles ist gut gegangen. Alle leben und das ist das Wichtigste.«

Patty zieht die Nase hoch und sieht mich an. »Du bist mein Schutzengel, Mado.«

In diesem Moment fängt das Baby an zu schreien. Vielleicht will es verhindern, dass wir mit unseren Tränen das Haus unter Wasser setzen.

Patty zuckt zusammen und lächelt. »Er ist aufgewacht … Ich geh ihn holen.«

Eine Minute später ist sie zurück, mit dem Kleinen auf dem Arm.

»Ich hab ihm das letzte Fläschchen heute früh um fünf gegeben. Er hat jetzt bestimmt Hunger, meinst du nicht auch?«

Ich stehe auf, erschöpft vom Sturm der Emotionen.

»Ich mach ihm ein Fläschchen«, sage ich, beinahe erleichtert, wieder zu ganz alltäglichen Dingen übergehen zu können. Wenn man ständig von seinen Gefühlen überwältigt wird, ist es richtig erholsam, zwischendurch Milchpulver abzumessen.

Während der Kleine auf dem Arm seiner Mutter am

Fläschchen saugt, betrachte ich ihn aufmerksam: sein kleiner flaumiger Kopf, die runden Wangen, die breite Nase und die im Strampelanzug herumzappelnden Füße.

»Dann ist er also gar nicht zu früh geboren …«

»Nein.« Patty lächelt.

»Was ich mich außerdem gefragt habe …« Jetzt scheint mir der richtige Moment zu sein, um die Sache mit dem Namen anzusprechen. »Wie willst du ihn nennen? Hast du schon eine Idee?«

Patty zuckt ein wenig zusammen. Sie beißt sich auf die Innenseite der Wangen, hebt den Kopf und sieht mich an. »Ich glaube, ich gebe ihm lieber noch keinen Namen.«

»Warum nicht? Er ist immerhin schon vier Tage alt.«

Patty zieht den Sauger aus dem Mund des Babys und dreht den Ring fester auf das Fläschchen. »Ich denke …«, beginnt sie.

Schweigen. Wenn Patty denkt, gibt es meistens eine Überraschung.

»Ich denke, ich werde ihn zur Adoption freigeben«, sagt sie. »Die Leute, die ihn adoptieren, wollen ihm bestimmt lieber selbst einen Namen geben. Deshalb bleibt es bis dahin bei … ›das Baby‹.«

Ich habe plötzlich einen Kloß im Hals. Es ist so weit. Patty hat das Wort ausgesprochen, das Urteil wurde gefällt. Adoption. Kein Baby mehr. Kein kleiner Yazinsky. Ein seltsames Gefühl.

»Das ist doch die vernünftigste Lösung, oder?«, fragt Patty besorgt. In ihren Augen schimmern Tränen.

»Wahrscheinlich«, sage ich.

Meine Stimme klingt heiser, als hätte ich mich erkältet.

»Du würdest es doch genauso machen, oder?«, fragt Patty noch einmal.

Ich betrachte den Kleinen in seinem Strampelanzug, den ich neulich im Dorf gekauft habe. Ich denke auch an den kleinen Teddybären und an Papa und Mama. Keine Ahnung, warum.

»Ganz ehrlich, Patty … ich weiß nicht, was ich an deiner Stelle tun würde.«

»Würdest du ihn behalten?«

»Das hab ich nicht gesagt.«

Patty seufzt. »Ich schaffe es nicht, ihn zu lieben. Außerdem habe ich Angst, dass er später wie Luigi aussieht. Stell dir das mal vor!«

Ich muss lächeln. Luigi ist nicht so schön wie Daan, das stimmt. Er ist ziemlich klein und seine Augenbrauen sind zu buschig, aber so hässlich, dass man es nicht ertragen könnte, eins seiner Kinder aufwachsen zu sehen, ist er nun auch wieder nicht. Wir schweigen lange. Patty kratzt sich am Ohr. Sie hatte keine Zeit mehr, ihre Eisenwaren einzusetzen.

»Glaubst du, die Löcher wachsen von selbst zu?«, frage ich nachdenklich.

»Was?«

»Deine Ohrlöcher.«

»Ach so. Ja, glaub schon.«

Ich stoße einen Seufzer aus. »Also, eins ist klar: Falls du ›das Baby‹ doch behalten willst, solltest du besser auf die Piercings verzichten … Damit siehst du nicht wirklich wie eine ›Hausfrau und Mutter‹ aus.«

Der Kleine ist wieder eingeschlafen, mit der Flasche im Mund. Am Himmel ziehen Wolken auf und verschleiern die

Morgensonne. Ich will Pattys Entscheidung nicht beeinflussen, aber trotzdem, dieser kleine Wurm …

»Ich muss wenigstens dieses eine Mal vernünftig sein«, sagt Patty. »Bisher habe ich in meinem Leben nicht viel richtig gemacht, aber jetzt muss ich der Realität ins Auge sehen. Wenn ich ihn behalte, kriege ich Probleme im Job. Und wenn ich aufhöre zu arbeiten, wird es schwierig mit dem Geld für dein Studium.«

»Es sei denn …« Ich stocke. Ich weiß nicht, ob ich sagen darf, was mir gerade auf der Zunge liegt. Egal, ich sag's trotzdem. »Es sei denn, wir verkaufen das Ferienhaus und die Wohnung und mieten uns eine kleine Zweizimmerwohnung …«

Patty starrt mich entsetzt an. »Nein, Mado!«

»Okay«, sage ich erleichtert.

Ich hätte es ebenfalls entsetzlich gefunden, diese beiden Orte, die Papa und Mama geliebt und uns hinterlassen haben, aufzugeben. Das wäre so, als würden unsere Eltern noch einmal sterben. Das völlige Auseinanderbrechen unserer Vergangenheit.

Patty stellt das leere Fläschchen auf den Tisch und steht ganz vorsichtig auf, um den Kleinen nicht zu wecken. Sie geht nach nebenan ins Wohnzimmer und legt ihn auf die Matratze.

Als sie zurückkommt, scheint sie eine Entscheidung getroffen zu haben. »Lass uns nach Hause fahren, Mado. Sobald wir da sind, rufe ich die Sozialarbeiterin an, damit sie mir erklärt, wie das mit der Adoption funktioniert. Man muss bestimmt eine Menge Formulare ausfüllen, zu Ärzten gehen und Gespräche führen …«

Ihre Stimme erstirbt wie der letzte Ton eines kaputten Akkordeons. Die Aufzählung all dessen, was ihr bevorsteht, scheint sie schon im Voraus zu erschöpfen.

»Wenn du meinst«, sage ich und versuche, nicht zu weinen. »Wann fahren wir?«

»Morgen ist der 15. August, da kriegen wir sowieso kein Taxi. Wir räumen das Haus auf, packen unsere Sachen und fahren übermorgen, am 16.«

Ich nicke.

19. KAPITEL

15. August, 23.00 Uhr

Es zieht mich ganz schön runter, dass wir morgen nach Hause fahren. Unser Gepäck stapelt sich im Flur, das Geschirr ist im Schrank verstaut, die Fliesen sind gewischt, und das Haus riecht genauso wie am Ende jedes Sommers, wenn ich am letzten Abend ins Bett gegangen bin und Mama mit ihrem Heimfahrlächeln zu mir kam. Ein ganz besonderes Lächeln, das so viel bedeutete wie: »Diese Ferien sind zwar zu Ende, Mado, aber nächstes Jahr kommen wir wieder her.« Vor mir erstreckten sich Herbst und Winter. Die Zeit des fallenden Laubes.

Halt, stopp! Ich darf nicht länger darüber nachdenken, sonst …

Ich sitze auf meinem Bett und spiele mit dem Schalter der Lampe. Ein. Aus. Ein. Ich ringe mir ein Lächeln ab. Tief einatmen, langsam ausatmen, und noch einmal. Aus. Jetzt wird geschlafen. Morgen gehe ich nach dem Frühstück ins Dorf hinunter. Von dort rufe ich den Taxifahrer an, der so nett angeboten hat, uns nach Aubenas zurückzufahren. Hoffentlich hat er Zeit.

Wahrscheinlich wird er überrascht sein, wenn er das Baby

sieht. Wir werden ihm einfach die Wahrheit sagen. Patty hat das so entschieden: ab sofort keine Lügen und Heimlichkeiten mehr. Ein neues Zeitalter beginnt: das Zeitalter des Realismus und der Tat.

»So muss es sein, wenn man wirklich erwachsen wird, oder?«, hat sie mich gefragt. Ich wusste nicht, was ich antworten sollte. Für Patty ist es ein Opfer, erwachsen zu werden. Das ist traurig, aber wenn es uns vor größeren Schwierigkeiten bewahrt, müssen wir da durch. Ich finde, das Leben sorgt schon von ganz allein dafür, dass wir erwachsen werden, da braucht man nicht noch nachzuhelfen. Ich hätte mir gewünscht, diese Wandlung wäre weniger radikal, weniger schmerzhaft und weniger beängstigend. Ich hätte mir gewünscht, Papa und Mama hätten uns noch etwas länger auf diesem Weg begleitet.

Schlafen.

20. KAPITEL

16. August

Ich werde vom Schreien des Babys geweckt. Ich stehe auf und öffne die Fensterläden. Es muss schon mindestens neun Uhr sein. Der Himmel ist gleichmäßig blau, klar und ruhig. Der Tag wird schön und im Zug wird es bestimmt heiß. Ich würde lieber hierbleiben, die Sonne genießen, abwarten und noch etwas länger in der schützenden Klammer der Ferien leben.

Ich gehe nach unten ins Wohnzimmer und erwarte, dort Patty mit dem Baby auf dem Arm vorzufinden.

Das Baby ist da, es liegt ganz klein und allein auf seiner Matratze und schnappt nach Luft wie ein Fisch auf dem Trockenen. Ich knie mich hin und nehme es auf den Arm. Sein Herz schlägt nah an meinem.

»Na, na … ich bin ja hier, keine Panik.«

Wir gehen in die Küche. Mitten auf dem Tisch steht ein vor Sauberkeit blitzendes Fläschchen. Daneben die Wasserflasche und die Dose mit dem Milchpulver. Gut. Aber unter dem Fläschchen liegt ein vollgekritzelter Zettel. Ich erstarre. Ein Brief. Patty hat mir einen Brief hingelegt.

»Wahrscheinlich ist sie früher aufgestanden und schon ins

Dorf gegangen, um das Taxi zu bestellen«, sage ich zu dem Baby.

Es antwortet mit einem Glucksen.

»Da bin ich ganz deiner Meinung. Sie kommt bestimmt bald mit dem Taxifahrer zurück und wir brauchen nur noch einzusteigen.«

Soll ich erst den Brief lesen oder erst das Fläschchen machen? Als ich auf den Tisch zugehe, fällt mein Blick auf die ersten Zeilen.

Mado,

du wirst bestimmt sauer auf mich sein …

Ups! Ich schließe die Augen. Ein Brief von Patty, der so anfängt, ist eindeutig eine Briefbombe. Sie wird mich zu Boden werfen, zerfetzen und auf der Stelle töten. Ich öffne die Augen wieder und beuge mich vor, um einen Blick in den Flur zu werfen. Pattys Reisetasche ist nicht mehr da.

Hinsetzen. Das Baby fest an mich drücken, um es nicht fallen zu lassen.

Mado,

du wirst bestimmt sauer auf mich sein, und das zu Recht. Ich bin ein Feigling. Der größte Feigling der Welt. Du hast es wahrscheinlich schon vermutet, aber ich wusste nicht, dass ich dermaßen feige bin. Die Sache ist die: Ich schaffe es nicht. Es übersteigt meine Kräfte. Ich kann mich nicht um das Baby kümmern und ich kann es auch nicht weggeben. Darum gehe ich fort …

Die Briefbombe explodiert in meinen Händen. Ich bleibe auf dem Stuhl sitzen. Natürlich fließt kein Blut, aber ich bin trotzdem so gut wie tot.

… Ich gehe weit fort. Das ist die einzige Entscheidung, zu der ich fähig bin. Vielleicht komme ich in einer Woche zurück, vielleicht niemals. Du wirst auch ohne mich zurechtkommen, das weiß ich. In unserer Familie bist du die Große.

Verabscheue mich ruhig, aber pass auf dich auf.

Patty

PS: Es ist sechs Uhr morgens. Ich gehe ins Dorf und hinterlasse dort eine Nachricht für den Taxifahrer. Er soll dich im Lauf des Vormittags abholen. Ich lasse dir etwas Geld da, es steckt vorne in deiner Tasche.

Jedes Wort dieses Briefes bohrt sich in meine Haut wie ein Granatsplitter. Das deutsche Wort für diese kleinen Metallstücke fällt mir wieder ein: *Schrapnell*. Im Krieg wurden von *Schrapnells* verletzte Soldaten hinter die feindlichen Linien gebracht, in ein Feldlazarett, wo überlastete Chirurgen versuchten, sie zu operieren. Und ich? Ich liege hier in meinem Schützengraben, versinke im Matsch, und das Wort *Schrapnell* ragt aus meinem Herzen, aber ich höre keinen Krankenwagen.

»Hilfe!«

Das Baby fängt wieder an zu schreien. Ich senke den Kopf. Seine feinen Haare kitzeln mich am Kinn. Ich kann seine Verzweiflung sehr gut nachvollziehen. Es ist fünf Tage alt, hat keine Mutter mehr und auch keinen Vater. Uns geht es auf furchtbare Weise ziemlich ähnlich.

Mit Tränen in den Augen drücke ich einen langen Kuss auf seinen kleinen runden Kopf.

»Wir stecken in der Scheiße, Baby. Bis zum Hals.«

Später

Danke, Patty, dass ich dich verabscheuen darf. Ich verabscheue dich.

»Nein, ich verabscheue dich nicht. Ich hasse dich!«

Ich breite die Scheine auf dem Küchentisch aus. Zwei Fünfziger, drei Zwanziger, vier Zehner. Wenn dies eine Fernsehserie wäre, würde ich Konfetti daraus machen oder das Geld ins Feuer werfen.

Noch später

Ich stehe mit hängenden Armen und verquollenen Augen im Flur. Neben mir wartet das Gepäck, nur Pattys Reisetasche ist verschwunden, denn Patty ist fort, fort, fort, Gott weiß wohin, um Gott weiß was zu tun. Sie hat mich verlassen, mich meinem Schicksal überlassen, traurig und dazu verdammt, allein mit diesem ungerechten Leben klarzukommen, in dem große Schwestern meinen, ihre kleinen Schwestern seien stärker als sie, aber da liegen sie komplett falsch, denn ich, ich, ich … ich weiß jetzt gar nichts mehr.

Viel später

Ich sitze auf dem Boden, dicht neben dem Baby, das wieder eingeschlafen ist. Das Baby und ich, wir sind ganz allein auf der Welt. Allein auf einer verlassenen Insel. Mitten im feindlichen Ozean. Moment mal! Vielleicht habe ich einen Namen für dich …

»Robinson?«

Viel, viel später

»Komm schon, Robinson, nicht weinen. Tante Mado ist ja bei dir. Sag jetzt nicht, du hast schon wieder Hunger! Nein, du kriegst jetzt kein Fläschchen. Zwischen den Mahlzeiten sollen mindestens drei Stunden liegen, außerdem ist das saubere Fläschchen im Koffer. Wir wollen doch jetzt nicht wieder alles auspacken, oder? Irgendwann wird das Taxi schon kommen und dann fahren wir beide weg. Genau, wir fahren nach Hause. Frag mich nicht, was wir dann machen, ich habe keine Ahnung. Aber nach Hause fahren wir, so viel ist sicher.«

»Uäh, uäh, uäh!«

»Pff … Uäh, uäh, das kann ich auch. Stell dir vor, ich war auch mal ein Baby. Und das ist noch gar nicht so lange her!«

Viel, viel, viel später

»Okay, okay. Es ist zwölf Uhr, jetzt kriegst du dein Fläschchen. Ich hab keine Lust mehr, dich herumzutragen, Robinson. Du bist leicht, aber gleichzeitig bist du schwer. Genau wie deine Mutter!«

12.10 Uhr

Ich sitze in der Küche und gebe Robinson sein Fläschchen. Die Zeit ist noch nie so langsam vergangen. Es ist, als wäre ich in einer klebrigen, elastischen Zeitmasse gefangen oder in einem Spinnennetz aus unendlichen Sekunden, Minuten und Stunden, die mich festhalten, bevor sie mich mit Haut und Haaren verschlingen.

Ich stelle den Schnuller auf Geschwindigkeitsstufe 1. Langsamer Milchfluss. Hier ist alles langsam, nur mein Herz schlägt seit Stunden viel zu schnell. Kann man mit fünfzehn an einem Herzinfarkt sterben?

Ein Auto!

Ich habe ein Motorengeräusch gehört und das Knirschen von Schotter. Endlich! Das Taxi ist da!

Ich laufe mit dem Baby auf dem Arm hinaus in den Garten, unter dem Feigenbaum hindurch bis zu dem kleinen Mäuerchen. Es ist ein verbeultes und ziemlich verrostetes blaues Auto, offensichtlich ein älteres Modell. Ich habe keine Ahnung von Autos, aber das ist mit Sicherheit kein Taxi.

Ein kleiner, dunkelhaariger Typ mit buschigen Augenbrauen steigt aus. Ich bleibe wie angewurzelt stehen.

Er hat mich gesehen und winkt mir fröhlich zu. Ich kann nicht zurückwinken. Links das Baby, rechts das Fläschchen. Er kommt näher, neugierig und ein bisschen verlegen. Er zieht seine Jeansjacke aus. Es ist warm.

»Hallo, Mado …«

Den Mund öffnen. Reden.

»Was … was machst du hier?«

»Äh … also … ich hab eure Hausmeisterin ein bisschen ausgequetscht, bis sie schließlich eure Adresse rausgerückt hat. Hab seit gestern Urlaub. Bin unterwegs nach Italien und da dachte ich … Mannomann, hier ist echt das Ende der Welt, was?«

Wir stehen einander gegenüber, die Mauer zwischen uns. Er tritt nervös von einem Fuß auf den anderen und schielt immer wieder verstohlen zum Haus, ich bin wie gelähmt und kann keinen klaren Gedanken fassen. Es ist eine völlig verrückte Situation – wie immer.

»Ist Patty da?«

Ich schüttle den Kopf.

Enttäuscht wendet er sich wieder mir zu. »Und du jobbst als Babysitter?«

»Ja …«

»Respekt! Ist bestimmt nicht leicht, in diesem gottverlassenen Kaff Kundschaft zu finden.«

Es ist Luigi.

Luigi, der direkt vor mir steht. Luigi, der Idiot.

Kreuzt einfach hier auf, ohne vorher Bescheid zu sagen, weil er gerade Urlaub hat. Er hat seinen Blaumann in der Werkstatt an einen Haken gehängt, ist in seine Schrottkarre gestiegen und, zack, nach Süden gefahren. Er hat einen Umweg gemacht, um Patty zu sehen. Er liebt sie immer noch, das ist offensichtlich. Ihm ist heiß, er schwitzt und kann vor Ungeduld kaum still stehen. Ihm würde nicht im Traum einfallen, dass er gerade mit der Babysitterin seines eigenen Sohnes spricht! In diesem Moment wird mir ein fundamentaler Unterschied zwischen Männern und Frauen klar. Bei Männern ist es möglich, dass sie nichts von ihren Kindern wissen, bei Frauen ist das unmöglich. Trotzdem kann ich ihm die Neuigkeit nicht einfach so ins Gesicht sagen. Zu brutal. Ich will ihn aber auch nicht länger im Ungewissen lassen. Das wäre zu grausam und außerdem ziemlich dumm. Wenn Luigi von seiner Vaterschaft erfährt, fühlt er sich vielleicht verpflichtet, mir zu helfen. Und ehrlich gesagt könnte ich etwas Unterstützung im Moment gut gebrauchen. Patty wird garantiert stinksauer sein, wenn sie erfährt, dass ich ihr kleines Geheimnis ausgeplaudert habe, aber das ist mir gerade so was von egal!

»Willst du reinkommen?«, frage ich. »Ein Glas kaltes Wasser trinken?«

Luigi lächelt dankbar, bevor er über das Mäuerchen steigt und mir ins Haus folgt.

»Nette Hütte!«

Er wundert sich über das Gepäck im Flur.

»Ich warte auf das Taxi«, erkläre ich. »Aber es kommt nicht. Hereinspaziert!«

Ich biete ihm einen Stuhl in der Küche an und setze mich ihm gegenüber. Robinson auf meinem Arm hat das Fläschchen leer getrunken. Er stößt kleine zufriedene Seufzer aus. Ich streichle seinen Kopf, damit er wieder einschläft.

»Ich komme wohl ungelegen, was?«, erkundigt sich Luigi. »Ihr wollt abreisen …«

Okay. Ich muss es ihm knapp, klar und schonend beibringen.

»Tja, also …«, beginne ich. »Um genau zu sein, wird Patty nicht mit uns abreisen.«

»Mit *uns*?«

»Mit mir und dem Baby.«

Luigis Augenbrauen schießen in die Höhe wie die Flügel eines Raben, der sich auf seiner Stirn niedergelassen hat.

»Du nimmst das Baby mit?«

»Ja.«

»Aber … zu wem gehört der Kleine denn?«

Ich seufze, beiße mir auf die Lippen, kratze mich am Kopf. Los jetzt!

»Es ist Pattys Baby.«

Luigi bleibt der Mund offen stehen und er sackt auf seinem Stuhl zusammen. Schock! Einige Sekunden ist es still, dann kommen die Zweifel. Er glaubt mir nicht, das sehe ich ihm an.

»Das ist Pattys Baby«, wiederhole ich. »Ihr Sohn. Er ist fünf Tage alt.«

»Nein.«

»Doch. Patty hat ihre Schwangerschaft vor allen geheim gehalten. Auch vor mir, bis es schließlich nicht mehr anders ging und sie es mir sagen musste. Du konntest es nicht wissen.«

Luigi legt die Hände auf den Tisch, er ist so weiß wie die Wand. In seinem Kopf rattert es, aber die Zahnräder seines Gehirns greifen noch nicht richtig ineinander.

»Patty war schwanger ...«, keucht er. »Wollte sie mich deshalb nicht mehr sehen? Wollte sie ... aber ... warum lässt sie dich hier alleine mit ...«

»Robinson.«

»Robinson?«

»So habe ich ihn genannt. Vorläufig.« Ich versuche ein Lächeln und massiere dem Baby den Bauch, um seine Blähungen zu lindern. »Patty nennt ihn nur ›das Baby‹. Sie will ihn zur Adoption freigeben.«

Luigi runzelt seine buschigen Brauen. Die schwarzen Augen darunter starren mich an wie zwei Schlüssellöcher. Wenn ich mich vorbeugen und hindurchschauen würde, könnte ich all die Fragen sehen, die ihm gerade durch den Kopf schießen.

»Also will sie ihn nicht behalten?«

»Das ist zumindest mein letzter Stand. Aber du kennst ja Patty ...«

Luigi nickt.

»Wo ist sie?«

»Keine Ahnung. Sie ist abgehauen.«

Um ihn endgültig zu überzeugen, greife ich nach dem Brief, der auf der Waschmaschine liegt, und halte ihn Luigi unter die Nase.

Luigi liest. Seine Lippen bewegen sich lautlos. Er stützt den Kopf in die Hände. Schließlich hebt er den Blick und sieht mich an.

»Also ist sie abgehauen und hat dich hier allein zurückgelassen?«

»Sieht so aus. Frag lieber nicht weiter, ich bin selbst noch völlig durch den Wind.«

Das Baby gähnt, grunzt und schläft wieder ein. Ich wiege es ein bisschen hin und her. Bald wird Luigi DIE Frage stellen. Ich muss darauf vorbereitet sein und ihm möglichst einfühlsam die richtige Antwort geben.

»Also weiß niemand etwas davon?«, fragt er.

Er nervt mich, mit seinem ständigen »Also«!

»Nein, niemand. Weder der Vormundschaftsrichter noch die Sozialarbeiterin.«

Fast hätte ich »nicht einmal der Vater« hinzugefügt, aber ich halte mich zurück.

»Sie hat das Baby hier bekommen, heimlich. Auf dem Sofa im Wohnzimmer, ohne medizinische Betreuung, wie im achtzehnten Jahrhundert! Es war ziemlich schräg, aber wir haben es geschafft. Patty geht es gut und das Baby ist topfit. Nur ich bin etwas … ach, egal.«

»Du hast nicht zufällig ein Bier da?«, erkundigt sich Luigi.

»Nein, tut mir leid. Der Kühlschrank ist schon abgestellt.«

»Kann ich noch etwas Wasser haben?«

Mit zittrigen Knien wankt er zum Wasserhahn. Ich frage mich, worauf er noch wartet. Wann stellt er endlich DIE Frage?

Er sieht mich an. »Also, was willst du jetzt machen?«

»Nach Hause fahren.«

»Und dann?«

Ich zucke mit den Schultern. Ich habe nicht die geringste Ahnung!

Luigi rollt das Glas zwischen seinen schwieligen Mechanikerhänden hin und her. Ehrlich gesagt sieht er ziemlich dämlich aus, wie er reglos und traurig mitten in der Küche steht. Er tut mir leid.

»Willst du gar nicht wissen, wer der Vater ist?«

Luigi schließt die Augen.

»Patty ist nicht gerade ein Unschuldsengel«, murmelt er. »Außerdem hatte sie immer zehn Typen an jedem Finger … Kenne ich ihn?«

»Ja.«

»Ich weiß nicht, ob ich das wirklich wissen will …«

Er trinkt einen Schluck Wasser.

»Es wird dich aber bestimmt interessieren«, sage ich. »Denn der Vater bist du.«

Okay, besonders einfühlsam war das nicht gerade, aber wenigstens ist es jetzt raus.

Luigi verschluckt sich an seinem Wasser und kriegt keine Luft mehr.

»Was?!«, brüllt er.

»Du bist der Vater dieses Babys«, wiederhole ich und versuche, gleichzeitig sanft und bestimmt zu klingen.

»Wer hat das gesagt?«

»Patty.«

Luigi verstummt. Er öffnet die Hand und beginnt, die Monate an seinen Fingern abzuzählen. Ich weiß, warum. Er rechnet zurück, um festzustellen, ob es hinkommt und ob ich wirklich die Wahrheit sage. Ich mache ihm keinen Vorwurf. Es ist ja auch wirklich schwer zu glauben, kein Wunder, dass er seine Zweifel hat. Aber er kann hin und her rechnen, so lange er will, Robinson muss definitiv Mitte November gezeugt worden sein. Zu dieser Zeit waren Patty und Luigi ein Paar.

»Es passt«, bestätigt er mit heiserer Stimme.

Er betrachtet das Baby, das ganz entspannt auf meinem Arm schläft. Ein undefinierbares Leuchten erhellt seinen Blick.

»Also ist es ein Junge?«

»Wie ich es gesagt habe.«

»Und ihm … ihm geht es gut?«

»Ihm geht es blendend. Ich bin zwar keine Ärztin, aber ich habe ein paar Bücher gelesen und …«

»Wie hast du ihn genannt?«

»Robinson. Ist mir heute Morgen eingefallen. Er hat mich an einen Schiffbrüchigen erinnert.«

Luigi sieht nicht so aus, als würde er die Anspielung auf *Robinson Crusoe* verstehen, aber ich habe keine Lust, ihm die ganze Geschichte zu erzählen.

»Vergiss es«, sage ich. »Seine zukünftigen Eltern geben ihm bestimmt sowieso einen anderen Namen.«

Luigi schüttelt den Kopf. Es ist bestimmt nicht leicht, innerhalb von zehn Minuten zu erfahren, dass man einen Sohn hat, und ihn sofort wieder zu verlieren. Schon gar nicht, wenn man zweiundzwanzig ist und auf dem Weg nach Italien in die Ferien, ohne sich um den Rest der Welt zu kümmern. Trotzdem bereitet es mir eine Art perverser Freude, ihm alles auf einmal an den Kopf zu knallen. Wenigstens bin ich jetzt nicht mehr die Einzige, die unter den Folgen von Pattys unreifem Verhalten zu leiden hat.

Ich erzähle ihm von Pattys Wochenendtrip nach Amsterdam, ihren diversen Lügen, unserer Angst, der Vormundschaftsrichter könnte sich einmischen, und unserer Ankunft hier. Aus Rücksicht auf Luigis verliebtes Herz lasse ich die Episode mit den Holländern aus und gehe direkt zu der Nacht über, in der Patty erst Fieber und dann das Baby bekommen hat. Luigi kommentiert meinen Bericht mit »Ahs« und »Ohs« und einem gelegentlichen »Aber …«, doch als ich zu der Stelle komme, an der ich die Nabelschnur durchgeschnitten habe, verstummt er völlig und verzieht leicht angeekelt das Gesicht.

»Weitere Details gefällig?«, frage ich.

»Nein danke.«

Ich lächle. Um ehrlich zu sein, kann ich selbst kaum glauben, dass ich dazu fähig war. Ich spreche zwar die Wörter aus und erzähle, was ich erlebt habe, aber es bleibt irgendwie unwirklich.

»Gestern schien Patty fest entschlossen zu sein«, sage ich schließlich. »Wir hatten alles geplant. Sie wollte mit dem Vormundschaftsrichter, der Sozialarbeiterin und den Adoptionsorganisationen sprechen … Ich habe es nicht kommen sehen.«

»Bei Patty weiß man nie, woran man ist«, stimmt Luigi zu. »Als sie mit mir Schluss gemacht hat, war es genauso.«

Ich mache ein zweifelndes Gesicht.

»Na ja, aber … was ist denn mit dieser Caroline?«

Luigi breitet hilflos die Arme aus. Er schüttelt den Kopf und schwankt ganz offensichtlich zwischen Lachen und Wut. Schließlich überwiegt die Niedergeschlagenheit.

»Noch eine Lüge«, seufzt er. »Es gab nie eine Caroline. Patty hat mich eines Morgens ohne jeden Grund verlassen. Seitdem habe ich mehrmals versucht, sie zu sehen und mit ihr zu reden. Keine Chance! Deshalb bin ich hergekommen. Ich hatte gehofft, hier könnte sie mir endlich nicht mehr ausweichen.«

Autsch! Noch ein Minuspunkt für meine Schwester.

»Liebst du sie noch?«

Er wirft mir einen verzweifelten Blick zu. Er liebt sie, eindeutig. Wir schweigen. Die Backofenuhr zeigt 12.45 Uhr und die Stimmung ist bedrückter denn je.

»Also bin ich jetzt Papa …«, murmelt Luigi.

Er hat Tränen in den Augen, als er den Kleinen betrachtet. Es ist wunderbar und traurig zugleich. Und alles nur wegen meiner Schwester, die eine Spur aus gebrochenen Herzen hinterlässt. Meins, Luigis und Robinsons. Ein richtiges Massaker.

Plötzlich hupt es zweimal und wir zucken zusammen.

»Das Taxi!«, rufe ich.

Hektisch springe ich auf. Ich muss das Fläschchen ausspülen, das Gepäck einladen, das Haus abschließen, eine Flasche mit Wasser füllen und ich darf nichts vergessen …

»Hier, nimm ihn mal kurz.«

Ohne eine Antwort abzuwarten, lege ich Robinson in Luigis Arme und eile nach draußen.

»Guten Tag!«, ruft der Taxifahrer, nachdem er den Motor abgestellt hat. »Tut mir leid, dass es so spät geworden ist.«

»Macht nichts.«

»Meine Frau hat mir ausgerichtet, dass deine Schwester angerufen hat.« Er geht um das Auto herum und öffnet den Kofferraum. »Unglaublich, diese Geschichte mit dem Baby … Eure Cousine sollte sich schämen, also wirklich!«

Ich runzle misstrauisch die Stirn. Was hat Patty sich jetzt schon wieder für eine Geschichte ausgedacht?

»Meine Frau hat mir alles erzählt«, fährt der Taxifahrer fort. »Sie war außer sich, ganz ehrlich! Man lässt doch einen Säugling nicht allein, auch nicht aus beruflichen Gründen! Deine Schwester war am Telefon fuchsteufelswild und das kann ich gut verstehen. Sie hat es genau richtig gemacht, eurer Cousine gleich mit dem ersten Zug nachzufahren. Aber was ist mit dir? Schaffst du die Reise auch allein?«

Die Sonne blendet mich und ich kneife die Augen zusammen. Wenn ich es richtig verstanden habe, hat Patty es so gedreht, dass sie selbst gut dasteht … Sie hat eine Cousine erfunden und ihr die Rolle der Rabenmutter zugeschoben. Unglaublich!

»Wenn du mir sagst, wo das Gepäck ist, kümmere ich mich darum«, bietet der Fahrer an.

Ich gehe voran bis zum Eingang.

Im Flur stoßen wir auf Luigi. Er steht mit bleichem Gesicht neben dem Gepäck, Robinson hat er ungeschickt an sich gedrückt.

»Niemand steigt in dieses Taxi.«

21. KAPITEL

Es ist tatsächlich niemand in das Taxi gestiegen. Der Fahrer ist allein zurückgefahren. Er war etwas verärgert, weil er die ganze Strecke umsonst hergekommen war, aber er wollte auch keinen von Pattys Geldscheinen als Entschädigung annehmen. Wahrscheinlich hat er uns Yazinskys insgeheim für verrückt erklärt und damit liegt er gar nicht so falsch.

»Was hast du denn gedacht?«, fragt Luigi unwirsch, während er den Kofferraumdeckel über unserem Gepäck schließt. »Dachtest du, ich lass dich allein fahren und düse in den Urlaub, als wenn nichts geschehen wäre?«

Ich zucke mit den Schultern. Eigentlich habe ich gar nichts gedacht. In letzter Zeit lasse ich die Dinge einfach über mich ergehen und versuche, den Schaden zu begrenzen, das ist alles.

»Ich bin nicht wie Patty!«, wettert Luigi. »Ich mache mich nicht aus dem Staub, wenn ich am meisten gebraucht werde! Los, steig ein!«

Stumm setze ich mich nach hinten und schlage die Autotür zu.

»Deine Schwester ist verrückt!« Luigi startet den Wagen. »Total verrückt!«

Er dreht sich zu mir um.

»Anschnallen, Mado!«

Ich verdrehe die Augen. »Ist ja gut, ich schnall mich schon an. Kein Grund, in diesem Ton mit mir zu reden.«

»Tut mir leid, aber diese Geschichte haut mich total um …« Luigi seufzt. »Als du mich vorhin mit dem Baby in der Küche allein gelassen hast, habe ich es erst so richtig begriffen.«

Er legt den Kopf aufs Lenkrad.

»Das ist mein Sohn!«, ruft er. »Er ist so klein und zerbrechlich!«

Neben mir auf der Rückbank liegt Robinson und schläft, eingeklemmt zwischen mehreren Kissen und der Matratze. Ich habe vorsichtshalber das ganze Bettzeug eingepackt, damit er gut gepolstert ist. In den Zeitschriften aus der Apotheke stand natürlich, wie man ein Baby sicher im Auto transportiert, aber wir hatten keine Zeit, eine Babyschale zu besorgen.

»Man müsste sie vor Gericht stellen«, knurrt Luigi mit zusammengebissenen Zähnen. »Wegen unterlassener Hilfeleistung und Vernachlässigung der Aufsichtspflicht. Das würde ihr bestimmt eine Lehre sein!«

Ich schaudere angesichts dieser schrecklichen Drohungen, traue mich aber nicht, etwas zu erwidern. Luigi scheint mit den Nerven völlig am Ende zu sein. Das sind bestimmt noch die Nachwirkungen des Schocks. Wir haben die nächsten achthundert Kilometer Zeit, um uns wieder zu beruhigen.

Als er losfährt, kommt er vom Weg ab und die Reifen wirbeln goldbraune Staubwolken auf.

»Fahr vorsichtig«, sage ich. »Denk dran, Robinson ist nicht angeschnallt.«

»Ich fahre immer vorsichtig«, erwidert Luigi barsch. »Ich arbeite in einer Autowerkstatt, Mado. Dort sehe ich jeden Tag Unfallwagen. Das bringt einen zur Vernunft.«

Seine Antwort verschlägt mir glatt die Sprache. Für mich waren KFZ-Mechaniker immer automatisch Raser, gefährliche Verkehrsrowdys und beschränkte Machos. Vielleicht ist Luigi doch nicht so ein Idiot, wie ich dachte.

Das Haus wird im Rückspiegel immer kleiner. Mit seinen geschlossenen Fensterläden und der unscheinbaren Fassade sieht man ihm nicht an, dass es in den vergangenen Wochen Schauplatz so vieler Dramen gewesen ist. Ich verabschiede mich innerlich ... vielleicht bis zum nächsten Sommer, wer weiß?

Das Auto biegt auf die Straße zur hohen Scheune ein. Ich will protestieren und Luigi anschreien, dass er woanders langfahren soll, aber ich lasse es sein, weil ich mir seine Reaktion denken kann. Wir dürfen keine Zeit mit Umwegen oder Aberglauben verlieren. Außerdem bin ich erst vor ein paar Tagen genau diese Straße entlanggefahren, also wird es mich schon nicht umbringen.

»Zieht es nicht zu stark für den Kleinen?«, fragt Luigi besorgt. Er hat sich wieder etwas beruhigt. »Soll ich das Fenster lieber schließen?«

»Nein, schon okay.«

»Wird er in den Kurven auch nicht zu sehr durchgeschüttelt?«

»Es geht.«

Ich versinke völlig in die morbide Betrachtung des Straßenrandes. Ich weiß nicht, wo genau der Unfall stattgefunden hat. Sie haben uns gesagt, das Autowrack sei geborgen und nach der Begutachtung verschrottet worden. Weder Patty noch ich wollten es noch einmal sehen.

Ich atme ein, während ich mich aus dem Fenster lehne. Kann man einer Straße böse sein?

Eine Kurve. Zwei Kurven. Drei, vier. Vielleicht war es hier … oder dort. Ich suche den Asphalt nach schwarzen Bremsspuren ab, was völlig idiotisch ist, weil Papa und Mama ja nicht mehr bremsen konnten … Es war Herbst. Die Landschaft sah anders aus als die, die jetzt an meinen Augen vorbeizieht. Es hat geregnet, überall war welkes Laub. Kein blauer Himmel wie heute, keine brütende Hitze. Auch wenn ich es noch so sehr versuche, ich kann mir die Situation nicht vorstellen. Deshalb schließe ich nach einer Weile einfach die Augen. Schluss damit. Papa und Mama sind nirgendwo anders als in meinem Herzen und meiner Erinnerung, für immer und ewig.

Ich muss mich auf die Gegenwart konzentrieren. Auf das Hier und Jetzt. Auf Robinson, mich und Patty … Ich habe lange darüber nachgedacht, was sie vorhat, und es gibt nur ein wahrscheinliches Szenario: Amsterdam. Ich schätze, Patty ist zu Daan, Britt und Sander gefahren. Zu *meinem* Sander, *meiner* großen Liebe. Aber vorhin, als wir das Gepäck in den Kofferraum geladen haben und Luigi mich gefragt hat, wo Patty hingefahren sein könnte, habe ich gelogen. Ich habe behauptet, ich hätte keine Ahnung. Warum soll ich ihm noch mehr wehtun?

Mein Blick gleitet über die Landschaft, ohne sie wirklich zu sehen. Eigentlich hätte ich diejenige sein müssen, die abhaut und in den Zug nach Amsterdam steigt. Aus Liebe auszureißen, das macht man doch eher in meinem Alter! Und Patty müsste sich jetzt an meiner Stelle um das Baby kümmern. Warum bin ich nicht unbeschwert, impulsiv und romantisch? Warum muss ich immer diejenige sein, die mit beiden Beinen auf der Erde steht, statt auf Wolke sieben davonzuschweben? Warum bin ich so wahnsinnig pflichtbewusst? Warum, warum, warum …

22. KAPITEL

»Fällt dir nicht etwas ein, worüber wir reden können?«, fragt Luigi nach einigen Kilometern des Schweigens. »Sonst schlafe ich irgendwann ein.«

Mein Herz macht einen Satz. Einschlafen? Am Steuer? Auf keinen Fall!

»Worüber willst du sprechen?«, frage ich. »Ich weiß eine Menge über den Ersten Weltkrieg. Ich hatte bei den Abschlussprüfungen die beste Geschichtsnote der Schule.«

Luigi stößt einen bewundernden Pfiff aus.

»Deine Schwester hat mir schon erzählt, dass du eine ganz Schlaue bist. Aber ehrlich gesagt wäre mir ein etwas weniger deprimierendes Thema lieber.«

Ich überlege, aber mir fallen nur traurige Themen ein: das Leben, der Tod, das sich unendlich ausdehnende Universum und unsere lächerlichen kleinen Existenzen …

»Ich hab auch die Abschlussprüfung am Collège gemacht«, erzählt Luigi, den Blick auf die Straße gerichtet. »Ich hab sogar Abitur!«

»Ein Abi in Maschinenbau?«

»Nein, ein mathematisch-naturwissenschaftliches Abitur.«

»Warum arbeitest du dann in einer Autowerkstatt? Du hättest studieren können …«

»Ich mache lieber was mit den Händen. Ich mag es, wenn sie voller Motorenöl sind …«

»Igitt!«

»Das ist auch nicht ekliger, als eine Nabelschnur durchzuschneiden.«

»Sehr witzig.«

Wir fahren jetzt auf einer von Platanen gesäumten Bundesstraße in Richtung Montélimar. Ich kenne die Strecke auswendig. Jedes Mal kurz vor Montélimar hat Papa angehalten, um zu tanken. Bei der Gelegenheit hat er immer ein paar Riegel weißen Nugat gekauft, woraufhin Mama anfing zu meckern.

»Noch mehr Zucker! Findest du nicht, du hast schon genug überflüssige Kilos?«

Papa neigte in den letzten Jahren dazu, einen Bauch anzusetzen. Jetzt, wo er tot ist, erscheint mir das völlig idiotisch: Zucker, Diäten … Verrückt, wie belanglos einem all das vorkommt, wenn plötzlich der Tod dazwischenfunkt. Was uns so ungeheuer wichtig erschienen ist, wird auf einmal unbedeutend. Vielleicht sogar der Glaube an Gott?

»Glaubst du an Gott?«, frage ich unvermittelt.

»Hilfe!« Luigi lacht. »Ich wollte mich eigentlich nur ein bisschen unterhalten und keine philosophische Diskussion anfangen!«

Ich lehne mich etwas beleidigt zurück.

»Ich komme aus einer italienischen Familie«, antwortet Luigi schließlich doch noch. »Bei uns ist Religion eine ziemlich wichtige Angelegenheit. Meine Eltern sind gläubig, meine Onkel und Tanten auch … In meinem Elternhaus in Italien hängen überall Kruzifixe an den Wänden!«

»Warst du dorthin unterwegs? Zu deinem Elternhaus?«

»Ja. Es liegt in einem kleinen Dorf in der Nähe von Bologna.«

»Warten sie dort nicht auf dich?«

»Ich hab mein Handy dabei. Wenn sie sich Sorgen machen, werden sie schon anrufen.«

»Wirst du es ihnen sagen? Das mit dem Baby?«

Luigi wirft mir einen kurzen Blick im Rückspiegel zu.

»Was soll ich ihnen denn sagen?« Er seufzt. »Ich bin Vater geworden, aber nicht so richtig. Wenn Patty das Baby zur Adoption freigeben will …«

Robinson öffnet den Mund, spitzt die Lippen, macht schmatzende Sauggeräusche und schläft wieder ein. Das Brummen des Motors scheint ihm zu gefallen. Als ich klein war, bin ich auch gern Auto gefahren. Es war schön warm, ich habe mich zu einer Kugel zusammengerollt und bin eingeschlafen.

»Als Vater hast du bestimmt ein Wörtchen mitzureden, was die Adoption betrifft. Patty kann das nicht allein entscheiden.«

Luigi zuckt mit den Schultern. Er konzentriert sich auf die gelben Umleitungsschilder, die uns auf verschlungenen Wegen durch ein Industriegebiet führen. Wir fahren ziellos durch eine beeindruckende Anzahl von Kreisverkehren, die Umgehungsstraße hinauf und wieder hinunter … Luigi murrt und schimpft mit starrem Blick und angespanntem Kiefer.

Nachdem wir mehrmals umgekehrt sind, finden wir endlich die Autobahnauffahrt mit der Zahlstelle. Luigi zieht ein Ticket und fädelt sich in den Verkehr ein. Es ist schon drei Uhr nachmittags und Robinson ist aufgewacht.

»Wir müssen anhalten«, sage ich. »Es ist bald Zeit für Robinsons Fläschchen.«

»Jetzt schon? Kannst du es ihm nicht im Auto geben?«

»Auf keinen Fall.«

»Warum nicht?«

»Weil man Wasser in eine Öffnung von fünf Zentimetern Durchmesser gießen, es erhitzen und mehrere Messlöffel Milchpulver durch dieselbe Öffnung geben muss. Außerdem braucht er nach dem Fläschchen eine frische Windel. Und das …«

»Okay, okay. Ich halte an der nächsten Raststätte.«

»Nimm bitte eine mit sauberen Toiletten.«

»Ich tue, was ich kann, Mado.«

»Ich auch!«

Robinson schreit. In dem engen Auto ist sein Gebrüll noch schwerer zu ertragen als im Haus. Schon nach ein paar Minuten ist Luigi so nervös, dass er sich nicht mehr richtig aufs Fahren konzentrieren kann. Er tritt unvermittelt auf die Bremse, zögert beim Überholen eines Lasters und schert dann doch in letzter Sekunde aus, ohne den Blinker zu setzen. Er umklammert das Lenkrad so fest, dass seine Fingerknöchel weiß hervortreten, und sagt kein Wort mehr. Unwillkürlich halte ich mich am Sicherheitsgurt fest. Mit der freien Hand klopfe ich dem Kleinen auf den Po, aber es nützt nichts. Ich schwitze heftig. Natürlich hat dieses Auto keine Klimaanlage. Und die Wasserflasche liegt im Kofferraum …

Endlich fährt Luigi auf die rechte Spur und biegt auf einen Rastplatz ab. Als er vor der Cafeteria parkt, entspannt sich jeder Muskel meines Körpers. Wir sind heil angekommen.

»Ich kann nicht bis Paris fahren, wenn er weiter so schreit«, sagt Luigi gereizt.

Er steigt aus dem Auto. Durch die Windschutzscheibe sehe ich, wie er sich auf die Motorhaube stützt, als wäre er ein nach Luft ringender Hundertmeterläufer. Ich beuge mich zu Robinson hinunter und nehme ihn auf den Arm.

»Mach dir nichts draus«, flüstere ich. »Er wird sich schon noch daran gewöhnen.«

Ich öffne die Autotür und steige ebenfalls aus. Auf dem Parkplatz tauchen erschöpfte, genervte und rotgesichtige Urlauber aus ihren Autos auf. Wie Taucher, die zum Luftholen an die Oberfläche kommen.

»Ich brauche meine Tasche«, rufe ich Luigi zu.

Er geht langsam um das Auto herum und öffnet den Kofferraum.

»Die dunkelblaue«, sage ich.

Wir gehen zum Eingang der Cafeteria. Robinson schreit immer noch. Die Leute starren mich mehr oder weniger erstaunt, belustigt oder mitleidig an. Einige flüstern sich etwas zu, und ich werde rot wie eine Tomate, als eine Gruppe braun gebrannter, strahlender, gut gelaunter Jungs in meinem Alter an uns vorbeikommt. Für den Bruchteil einer Sekunde würde ich Robinson am liebsten Luigi in die Arme drücken, zu den Jungs laufen und sie bitten, mich mitzunehmen. Weit, weit weg.

»Was soll ich mit der Tasche?«, fragt Luigi verärgert. »Ich brauche dringend eine Pause. Und einen Kaffee …«

Ich entdecke das Hinweisschild für den Wickelraum und Luigi folgt mir widerwillig.

»Stell die Tasche hier ab. Ich komm schon alleine klar.«

»Ich warte bei den Kaffeeautomaten auf dich.«

»Okay.«

Luigi lässt mich in dem kleinen Raum allein, der die hochtrabende Bezeichnung ›Babyparadies‹ trägt. Drei Quadratmeter, ein Klapptisch aus Plastik, eine Rolle Küchenpapier, ein Fläschchenwärmer, ein Spiegel und eine Neonröhre, die gelbliches Licht verbreitet.

Ich lege Robinson auf die Kunststoffauflage und betrachte mich im Spiegel. Der Anblick ist nicht gerade erfreulich. Ringe unter den Augen, müder Blick, rote Pickel auf der Stirn. Kein Mensch würde vermuten, dass ich die letzten zwei Wochen in der südfranzösischen Sonne verbracht habe.

»Ich will nicht hier sein«, sage ich laut.

Robinson strampelt mit seinen kleinen Armen und Beinen. Und er? Will er hier sein? Und Luigi? Ich knöpfe den Strampelanzug auf und vergieße ein paar Tränen. Während das Fläschchen warm wird, verfluche ich Patty innerlich. Ich verfluche sie dafür, so zu sein, wie sie ist. Und ich verfluche mich dafür, so zu sein, wie ich bin. Ich verfluche das Leben dafür, gleichzeitig so hart und so schön zu sein, denn wenn es nur hart wäre, wäre es einfacher. Wir würden uns einfach alle einen Strick nehmen und das war's dann. Wir würden nicht die weiche Haut eines Babys und diese merkwürdige Anziehung spüren, die uns trotz allem miteinander verbindet.

»Ich hab mich wieder beruhigt«, verkündet Luigi, als ich zum Kaffeeautomaten komme. »Möchtest du etwas essen oder trinken?«

»Keinen Hunger.«

»Hast du geweint?«

Ich zucke mit den Schultern. Luigi streicht mir zögernd über die Wange.

»Tut mir leid wegen vorhin.« Er streckt die Arme nach Robinson aus. »Gib ihn mir doch mal ein bisschen. Er ist schwer, oder?«

»Halt ihn gut fest. Du musst seinen Kopf stützen.«

»So?«

Robinsons Augen sind weit geöffnet. Sein Blick folgt den Lichtreflexen, die die Sonne an die Decke wirft. Ich muss trotz meiner Müdigkeit lächeln.

»Ich wusste nicht, dass Babys so laut schreien«, gibt Luigi zu. »Glaubst du, das ist normal?«

»Völlig normal.«

»Meinst du, sie ist deshalb abgehauen?«

»Vielleicht.«

»Was machen wir nur mit dir?«, fragt er Robinson mit sanfter Stimme.

Familien mit viel größeren Kindern als Robinson durchqueren die Eingangshalle der Cafeteria. Die Kinder verlangen nach einem Eis, laufen und reden, und ich frage mich, wie dieses Wunder vonstattengegangen ist. Wie kann der winzige Robinson eines Tages so werden wie diese Kinder?

23. KAPITEL

Wir fahren weiter. Viele andere Autos sind auch in Richtung Norden unterwegs. Ein Blick auf die Nummernschilder ist wie eine Reise quer durch Europa: Ungarn, Deutschland, Dänemark, Schweden, Spanien … Jedes Mal, wenn wir ein holländisches Auto überholen, werfe ich einen Blick hinein. Ich kann mich schon nicht mehr richtig an Sanders Gesicht erinnern. Ob er irgendwann völlig aus meinem Gedächtnis verschwunden sein wird, ausgelöscht wie ein in den Sand gemaltes Bild? Ich habe nicht mal ein Foto von ihm.

»Mado?«

Luigi fährt wieder sicherer, seit Robinson schläft. Er macht regelmäßig zehn Minuten Pause, um sich die Beine zu vertreten, dann fahren wir weiter. Es ist schon nach sechs und auf den Schildern steht, dass es noch dreihundertfünfzig Kilometer bis Paris sind.

»Was ist?«

»Sag mir die Wahrheit wegen Patty.«

Ich ziehe die Augenbrauen hoch.

»Ich hab dir doch alles gesagt.«

»Das glaube ich nicht. Als du vorhin geschlafen hast, hast du im Traum geredet.«

Mein Herz schlägt schneller. Ich wusste nicht, dass ich im Schlaf spreche.

»Du hast gesagt: ›Sander …‹, oder so ähnlich, ›Sander, gib mir Patty.‹ Als wenn du telefonieren würdest. Wer ist dieser Sander?«

Einen Moment schweige ich verlegen. Wenn meine Träume mich verraten, bin ich wahrscheinlich nicht die Richtige für Lügen und Heimlichkeiten. Luigi trommelt mit den Fingern auf das Lenkrad, während er auf meine Antwort wartet. Was soll ich tun? Irgendeine haarsträubende Geschichte à la Patty erfinden oder einfach die Wahrheit sagen?

»Sander ist Holländer …«, sage ich.

Ich schaue aus dem Fenster. Grüne Hügel, Bauernhöfe, bestellte Felder, kleine Wäldchen. Luigi wird sich mit diesem Körnchen Wahrheit nicht zufriedengeben.

»Ich hab ihn in der Ardèche kennengelernt. Seinen Eltern gehört eins der Häuser in der Nachbarschaft. Sie haben dort Ferien gemacht, als Patty und ich angekommen sind. Seine Mutter war supernett.«

Luigi verrenkt sich den Hals, um mich anzusehen.

»Schau auf die Straße!«, rufe ich.

»Die Wahrheit«, erwidert er.

»Das ist die Wahrheit! Schau auf die Straße!«

Luigi setzt sich wieder richtig hin, mit dem Gesicht zur Windschutzscheibe. Sein Blick ist finster und fest entschlossen.

»War Sander auch ›supernett‹?«, fragt er ironisch.

»Ja.«

»Und fand Patty ihn ›supersüß‹?« Sein Ton ist immer noch genauso unangenehm.

»Ich bin diejenige, die sich in Sander verliebt hat«, antworte ich schroff. »Zufrieden?«

Luigi dreht sich noch einmal um und wirft mir einen eisigen Bick zu.

»Du lügst, Mado.«

»Nein!«, rufe ich. »Die Straße!«

»Was ist los? Hast du Angst, dass wir einen Unfall bauen?«

»Hör auf!«, schreie ich. »Dreh dich um!«

Mit dem Anflug eines Lächelns gehorcht Luigi schließlich. Er fährt auf der rechten Spur, die Tachonadel zeigt konstant auf hundert. Das Auto ist nicht von der Fahrbahn abgekommen, aber dieses kleine Spielchen hat mich die letzten Nerven gekostet.

»Mach das nicht noch einmal«, sage ich mit gepresster Stimme. »Du bist echt bescheuert!«

»Ich will wissen, wo Patty ist.« Luigi beißt die Zähne zusammen. »Du hast doch bestimmt eine Vermutung.«

Zwei dicke Tränen laufen über meine Wangen. Ich hab's satt. So satt. Warum fühle ich mich immer verpflichtet, alle Menschen in meiner Umgebung zu schützen? Warum sage ich Luigi nicht einfach die Wahrheit, wenn er sie unbedingt wissen will? Soll sie ihm doch das Herz brechen, mir egal! Ich will einfach nur nach Hause. Ich will nach Hause, nicht auf der Autobahn sterben, nach Hause, schlafen, mein Leben wieder aufnehmen, glücklich sein bis ans Ende meiner Tage, ohne diese ständige Last, die mich niederdrückt, lähmt und mir die Flügel stutzt.

Also erzähle ich Luigi schluchzend, wie wir Daan und Sander kennengelernt haben, von unseren Nachmittagen am Fluss und den fröhlichen Abenden. Diese Zeit scheint so weit zurückzuliegen, unser Glück kommt mir gleichzeitig albern und wunderbar vor.

»Patty hat sich in Daan verliebt«, gebe ich zu. »Sie hat den Abschied nicht ertragen, als er nach Amsterdam zurückgefahren ist. Ich glaube, deshalb hat sie Fieber bekommen.«

Luigis Blick ist die ganze Zeit fest auf die Straße gerichtet. Auch jetzt, nachdem ich verstummt bin, starrt er weiter wie hypnotisiert auf den Asphalt, ohne etwas zu sagen. Es dauert eine ganze Weile, bis er endlich das Schweigen bricht.

»Dort ist sie also. In Amsterdam, bei ihrem Märchenprinzen.«

Ich nicke benommen. Neben mir bewegt sich Robinson im Schlaf. Meine Schreie und meine Tränen haben ihn nicht geweckt. Ich hoffe für ihn, dass er sich später weder an diese Reise noch an diese Unterhaltung erinnern wird, genauso wenig wie an seinen absurden und holprigen Start ins Leben.

Plötzlich höre ich ein Schniefen von vorne. Ich werfe einen Blick in den Rückspiegel. Luigi weint. Was für ein Tag! Er hat heute echt das große Los gezogen: Erst bekommt er ein Baby, dann einen ordentlichen Liebeskummer, das Zwei-in-eins-Bonuspaket exklusiv vom Patty-Yazinsky-Versand!

19.30 Uhr auf einem überfüllten Rastplatz, hundertachtzig Kilometer vor Paris. Die Sonne geht langsam unter, aber es ist noch warm. Ich sitze auf einer Bank neben dem Sandkasten und gebe Robinson sein Fläschchen. Kinder rutschen eine Rutsche hinunter, von der die Farbe abblättert. Hunde bellen. Erschöpfte Eltern recken und strecken sich, während sie langsam ihre Autos umkreisen wie Zombies. Die Pariser sind bald zu Hause, aber die Belgier? Und die Dänen? Ihre

Reise wird noch bis weit in die Nacht hinein dauern. Vielleicht halten sie irgendwo an, um in einem Hotel neben der Autobahn zu schlafen, und wenn sie endlich zu Hause sind, haben sie einen steifen Hals und einen kaputten Rücken.

»Es gab keine Thunfisch-Mayonnaise-Sandwiches mehr«, informiert mich Luigi und stellt eine Plastiktüte neben mir ab. »Ich hab dir eins mit Käse und Schinken mitgebracht, ist das auch okay?«

Er setzt sich auf die Rückenlehne der Bank und stellt die Füße auf die Sitzfläche.

»Ich bin total erledigt«, verkündet er.

Sein Blick wandert zum Horizont, der irgendwo weit hinter einer Reihe kümmerlicher Pappeln und jenseits der Kornfelder liegt. Wir schweigen eine Weile, und ich versuche, mich in ihn hineinzuversetzen. Er ist achthundert Kilometer in die eine Richtung und fast achthundert Kilometer in die andere gefahren, mit einem Säugling und der mürrischen kleinen Schwester seiner Exfreundin im Gepäck … Alles in allem finde ich ihn ziemlich tapfer.

»Ich hab mich auf den ersten Blick in Patty verliebt«, sagt er plötzlich. »Sie hatte diese besondere Art zu lachen und ganz sie selbst zu sein … Sie gehört zu den Menschen, die das Leben so nehmen, wie es ist.«

Ich höre schweigend zu, ohne ihn anzusehen.

»Patty ist eine professionelle Lügnerin, aber sie ist trotzdem *echt*. Findest du nicht auch?«

Ich nicke nur. Er hat recht. So paradox es auch klingen mag, Luigis Beschreibung trifft genau auf Patty zu. Man hat es zwar nicht immer leicht mit ihr, aber man steht die ganze Zeit mitten im Leben. Wo sie ist, ist Bewegung, Energie und

Freude. Selbst in den schlimmsten Momenten der Trauer lodert eine rohe Kraft in ihr, die allem standhält.

»Ich weiß, dass sie das mit uns nie ernst genommen hat«, fährt Luigi fort. »Ich habe ihr gutgetan, als es ihr nach dem Unfall schlecht ging. Ich hatte gehofft, sie fängt mit der Zeit an, mich zu lieben.«

»Sie liebt dich bestimmt.«

Ich sollte das nicht sagen, aber ich tue es trotzdem, um Luigi zu trösten.

»Nein, sie liebt mich nicht«, sagt er entschieden. »Sie ist nach Amsterdam gefahren, weil sie sich in einen anderen verliebt hat. Unsere Wege haben sich gekreuzt, weißt du … Während ich auf dem Weg nach Süden war und mir zurechtgelegt habe, was ich ihr sagen will, ist sie nach Norden gefahren, ohne einen Gedanken an mich zu verschwenden.«

Robinsons Lippen lassen den Sauger los. Er stößt einen satten Seufzer aus und fast im selben Moment seufzt auch Luigi. Ich schaue ihn an und er lächelt mir traurig zu. In diesem Augenblick wird mir klar, dass weder er noch ich es schaffen werden, Patty ernsthaft zu hassen, trotz allem, was sie uns angetan hat. Das ist wahrscheinlich das Unglaublichste an der ganzen Geschichte: Patty tut alles, damit wir sie nicht lieben, aber wir lieben sie trotzdem, gegen ihren und unseren Willen. Es ist fast wie Zauberei. Und wenn ich Robinson ansehe, weiß ich, dass er sie auch lieben wird. Vermutlich wird er weit weg von ihr aufwachsen, aber er wird sie dennoch lieben.

Allmählich verlassen die Kinder die Rutsche und die Sandkiste. Autotüren schlagen zu, das Gebell der Hunde verstummt. Das war's. Auf diesem Rastplatz haben sich die

Wege der Menschen gekreuzt, jeder mit seinem Leben, seinen Geschichten, seinen geheimen Gedanken und seiner Erschöpfung. Aber sie haben nicht miteinander geredet. Sie wollten alle nur möglichst schnell weiterfahren.

Ich betrachte Luigis Auto, das immer noch auf dem Parkplatz steht. Es ist klein, hässlich und zerbeult. Genauso wie Robinson, Luigi und ich …

»Auf geht's?«, fragt Luigi, nachdem er den letzten Bissen seines Sandwiches hinuntergeschluckt hat.

»Auf geht's.«

24. KAPITEL

»Was war das?« Ich werde blass.

Wir fahren auf einer Landstraße, um uns herum nichts als Felder. Der Motor hat gerade ein seltsames Geräusch von sich gegeben und am Armaturenbrett blinkt eine Kontrolllampe auf. Es klingt, als hätte sich ein Metallstück gelöst, das nun unter der Motorhaube scheppert. Luigi setzt den Blinker, reißt das Lenkrad herum und hält am Straßenrand. Ein paar Laster überholen uns hupend.

»Was war das?«, wiederhole ich mit einem flauen Gefühl im Magen.

Ohne zu antworten, steigt Luigi aus.

Wir haben die Autobahn vor knapp zehn Minuten verlassen. Auf der linken Spur sind Krankenwagen und Feuerwehrautos mit heulenden Sirenen an uns vorbeigerast. Blinkende Schilder warnten vor einem langen Stau vier Kilometer weiter vorne, also haben wir die nächste Abfahrt genommen.

Durch die Windschutzscheibe sehe ich, wie Luigi die Motorhaube öffnet. Links ein Maisfeld, rechts ein Maisfeld. Über uns der Himmel, an dem schmutzig graue Wolken aufziehen. Jetzt fallen sogar ein paar Regentropfen.

Ich beuge mich zu Robinson hinüber, der seine kleinen Fäuste ballt. Seine Atmung wird schneller. Wenn mich nicht alles täuscht, fängt er in fünf Sekunden an zu schreien.

»Na, na …«, sage ich und streichle seinen Bauch. »Keine Panik. Vergiss nicht, dein Vater ist Automechaniker.«

Unter meiner Hand spüre ich den Strampelanzug und Robinsons warmen, harten Bauch. Er öffnet den Mund, verzieht das Gesicht und läuft knallrot an. Bingo! Er schreit. Ich nehme ihn hoch und drücke ihn an mich. Draußen versperrt mir die hochgeklappte Motorhaube die Sicht auf Luigi, aber ich höre ihn darunter herumhantieren. Die vorbeifahrenden Lastwagen berühren uns fast, ihr starker Luftzug rüttelt am Auto. Robinson krümmt sich auf meinem Arm und stößt schrille Schreie aus. Ich wiege ihn, so gut ich kann, erst sanft, dann ein bisschen heftiger, damit seine Bauchschmerzen endlich verschwinden. Aber er zappelt immer mehr herum und sein Schreien tut mir in den Ohren weh.

»Sei endlich still, verdammt!«

Der Regen prasselt gegen die Fensterscheiben. Mir ist heiß, ich sterbe vor Hitze. Ich fühle mich wie eine verängstigte Schildkröte, gefangen in diesem Blechpanzer. Ich ersticke, ich brauche Luft! Ich drücke auf den Knopf und lasse die Scheibe herunter. Regentropfen fallen auf die Rückbank. Robinson brüllt immer noch. Ich habe keine Ahnung, was er will. Wenn Patty jetzt plötzlich vor mir stünde, würde ich ihr ihren Sohn zuwerfen wie ein Handtuch. »Hier, das gehört dir!« Und dann würde ich wegrennen, weit weg von Patty und dem Baby, weit weg von dieser Schrottkarre und den Feldern. Ich würde so schnell laufen, wie ich kann, ohne auf ihre flehenden Rufe zu achten. Ich würde mir einfach die Ohren zuhalten.

Plötzlich öffnet Luigi die vordere Autotür. »Sieht nicht gut aus.«

Ein heftiger Windstoß bringt meine Haare durcheinander. Ich fröstele.

»Ist das Auto kaputt?«

Er bückt sich und zieht einen Werkzeugkoffer unter dem Sitz hervor. Seine Finger sind schwarz und voller Öl. Robinson schreit immer noch. Mit sorgenvoll zusammengezogenen Augenbrauen schließt Luigi die Tür und verschwindet wieder, ohne zu antworten. Jetzt ist mir kalt, deshalb fahre ich das Fenster hoch. Die Füße von Robinsons Strampelanzug sind ganz nass. Warum ist er nicht endlich still? Warum? Wenn dieses Auto nicht in fünf Minuten repariert ist, drehe ich durch.

»Ich drehe durch«, sage ich laut.

Ich lege Robinson nicht besonders sanft auf die Rückbank. Mein rechter Arm ist schon ganz steif vom langen Halten. Nun liegt Robinson auf dem Bauch und sein Gebrüll ist nicht mehr ganz so durchdringend.

»Also gut«, sage ich. »Von mir aus kannst du schreien, so lange du willst. Ich gehe jetzt.«

Ich steige aus und schließe die Autotür. Sofort ist Robinsons Gejammer nicht mehr zu hören. Ich entferne mich vom Auto. Schon nach wenigen Schritten ragen die Maispflanzen wie eine grüne Mauer vor mir auf. Ich drehe mich um. Luigi steht gebeugt vor dem Auto, den Kopf unter der Motorhaube. Er hat mich nicht gesehen. Und wenn ich auch abhauen würde? Wenn ich ihn jetzt einfach hier stehen lassen würde?

Mein Blick wandert über die Landschaft. Überall Felder und weiter hinten die Dächer eines Bauernhofs mitten im Nirgendwo. Aber es dürfte eigentlich nicht mehr weit sein bis zur nächsten Stadt und zur Zivilisation. Ich könnte per Anhalter fahren und bei irgendwelchen Leuten übernachten … Dieser Gedanke ist so verlockend, dass ich noch einen Schritt weitergehe und die Maisstängel auseinanderschiebe.

Der Regen und die frische Luft tun mir gut. Ich gehe in das Feld hinein und biege Ähren und große Blätter zur Seite. Ein Schritt, zwei Schritte, drei … Es ist seltsam, zwischen diesen riesigen Pflanzen hindurchzulaufen. Allmählich wird der Lärm der Landstraße leiser, dafür höre ich das Rascheln der Blätter im Wind und im Regen. Ich sehe nach oben. Zwischen den schwankenden Maisähren taucht der dunkelgraue Himmel auf. Ich habe das Gefühl, in einer Höhle versteckt zu sein. Ich bleibe stehen und setze mich auf die Erde. Die im Boden gespeicherte Wärme steigt meinen Rücken hinauf und fließt in meine Hände und Beine. Das tut unglaublich gut. Am liebsten würde ich ganz lange hierbleiben und auf der Erde schlafen. Nie wieder Babygeschrei, nie wieder an Patty, Luigi oder sonst jemanden denken. Auch nicht an meine Eltern, die Schule, meine Freundinnen oder Sander. Die ganze Welt geht mir auf die Nerven. Haut alle ab! Lasst mich in Ruhe, lasst mich hier in diesem Feld auf dem Boden schlafen. Wenn ich wieder aufwache, sind zehntausend Jahre vergangen und niemand von euch wird mehr existieren. Es gibt nur noch den Mond, die Sterne, Bäche und Ameisen. Und mich. Frei und schweigend wandere ich über diese Erde, die endlich still und verlassen ist. All der anstrengende Lärm ist für immer verstummt.

Ich atme langsam ein und aus und fahre mit den Fingerspitzen über den Boden. Eigentlich ist es ganz einfach zu leben. Man braucht sich nur hinzusetzen und abzuwarten. Kein Schmerz mehr, keine Traurigkeit, keine Abwesenheit.

Plötzlich werde ich von einem Geräusch aufgeschreckt. Ich drehe den Kopf. Ein paar Meter weiter tauchen Ohren, ein kleiner Kopf und zwei leuchtende Augen zwischen den Maisstängeln auf. Ich bin wie erstarrt und wage kaum zu atmen. Das Kaninchen hat mich auch bemerkt. Es ist stehen geblieben und sieht mich an. Nur seine Nase zuckt. Ich bin so überrascht, dass ich nicht einmal weiß, ob dieses Kaninchen echt ist oder nicht. Schlafe ich? Träume ich? Sind zehntausend Jahre vergangen?

Ich zucke mit keiner Wimper und das Kaninchen macht einen Satz in meine Richtung. Ich sehe das weiße Fell auf seiner Brust. Es wackelt geräuschlos mit den Ohren und kommt noch etwas näher. Da entdecke ich ein zweites, direkt hinter dem ersten. Zwei Kaninchen! Ich bewege mich immer noch nicht. Hoffentlich kommen sie zu mir und beschnuppern mich. Ich würde so gerne einmal ihre kleinen Köpfe berühren!

Aber auf einmal machen sie sich in die entgegengesetzte Richtung aus dem Staub, warum auch immer. Zack! Im nächsten Augenblick sind sie in den dunklen Tiefen des Feldes verschwunden.

»Na, so was«, sage ich nachdenklich.

Ich lächle. Um mich herum zerplatzen die Regentropfen auf der trockenen Erde. Meine Haare sind klitschnass und ich habe es nicht einmal bemerkt. Hat vielleicht der Regen die Kaninchen erschreckt?

Ich stehe auf, völlig verwirrt. Das Maisfeld hat seinen Zauber verloren. Es macht mir jetzt fast ein bisschen Angst … Ich klopfe mir den Schmutz von der Hose und folge dem Verkehrslärm zurück zur Straße.

Als ich aus dem Feld ins Freie trete, regnet es stärker. Blitze zucken über die schwarzen Wolkenberge am Horizont. Luigi ist immer noch unter der Motorhaube. Ich atme erleichtert auf und bin trotz allem froh, wieder bei ihm zu sein.

Ich ziehe die Schultern hoch und gehe zu ihm hinüber.

»Alles klar?«

Er taucht unter der Motorhaube auf, mit rotem Gesicht und schweißnasser Stirn.

»Nein, es ist nicht alles klar. Sieh zu, dass du ins Trockene kommst, sonst holst du dir noch den Tod.«

Im Auto schreit Robinson immer noch. Er ist knallrot angelaufen. Irgendwie hat er es geschafft, die Füße im Kopfkissenbezug zu verheddern. Sein Anblick bricht mir fast das Herz. Ich nehme ihn auf den Arm und drücke seinen kleinen Körper an mich. Er fühlt sich kochend heiß an.

»Oje, oje! Was habe ich nur getan?«, sage ich. »Ich hab dich ganz allein gelassen … Armer Robinson …«

Dann fange ich an zu weinen – als wenn ich nicht schon nass genug wäre!

»Ich bin da, ich bin da, ich bin da …«

Schluchzend wiederhole ich diese Worte, während Robinson sich allmählich beruhigt. Nein, ich gehe nicht fort. Ich bleibe bei dir. Ich musste nur mal kurz frische Luft schnappen, weißt du, etwas spazieren gehen und Kaninchen angucken.

Ich greife nach einem mit Wasser gefüllten Fläschchen und Robinsons Lippen schließen sich gierig um den Sauger. Wahrscheinlich hatte er einfach nur Durst! Im selben Moment klappt Luigi die Motorhaube herunter. Nach seinem Gesichtsausdruck zu urteilen, ist das Problem noch nicht gelöst, aber weil er sich trotzdem hinters Lenkrad setzt und den Wagen startet, schnalle ich mich an, ohne Fragen zu stellen.

Wir fahren ein paar Kilometer in Schrittgeschwindigkeit mit eingeschalteter Warnblinkanlage, bis Luigi in eine schmale Straße einbiegt, die zu einem Dorf führt. Unter der Motorhaube scheint es ein wenig zu rauchen, aber in Anbetracht der angespannten Stimmung im Auto halte ich mich mit Kommentaren zurück.

Am Dorfeingang lässt Luigi die Fensterscheibe herunter und fragt eine Frau, wo wir die nächste Autowerkstatt finden.

»Eine Autowerkstatt …«, sage ich, als wir kurz danach durchs Dorf fahren. »Dann ist es also etwas Ernstes?«

Luigi antwortet nicht, er konzentriert sich darauf, den Weg zu finden, den die Frau ihm erklärt hat. Draußen hat der Regen nachgelassen. Auf dem Kirchplatz jagen ein paar Kinder auf ihren Fahrrädern hintereinanderher, während die Schwalben um den Kirchturm fliegen und spitze Schreie ausstoßen. Im Dämmerlicht wirkt das alles ziemlich trostlos. Ich stoße einen verzweifelten Seufzer aus. Was, wenn wir es nie bis Paris schaffen?

»Sie haben recht, es ist der Zufuhrschlauch«, bestätigt der Automechaniker, nachdem er sich den Motor angeschaut hat. »Ich sehe schnell nach, ob ich das passende Modell dahabe …«

Luigi folgt ihm ins Lager und lässt mich mit Robinson in der schmutzigen Garage allein. Ein Zufuhrschlauch. Aha.

»Diese Information hilft uns auch nicht weiter, was?«, sage ich zu Robinson, während ich zwischen Reifen und Radkappen auf und ab gehe. »Ich habe keine Ahnung von Autos.«

Ich streichle ihm über das Kinn.

»Und du? Weißt du, was ein Zufuhrschlauch ist? Vielleicht bringt dein Vater dir ja eines Tages bei, wie man Autos repariert.«

Von dem Geruch nach Motoröl, Benzin und Plastik wird mir flau im Magen. Da es nicht mehr regnet, wage ich mich nach draußen. Hinter der Werkstatt, am Ende eines Hofes voller Schlaglöcher, entdecke ich einen richtigen Autofriedhof. Abgerissene Türen, verbeulte Dächer, aufgeschlitzte Karosserien. Es sind ein paar Dutzend Schrottwagen, und einige sind so platt gedrückt, dass man sich fragt, ob sie früher wirklich gefahren sind.

Mit Robinson auf dem Arm gehe ich zwischen den Schrottteilen hindurch, die mich auf eine morbide Art faszinieren. Im Halbdunkel sieht es aus wie ein Leichenschauhaus für Roboter nach einer Atomkatastrophe.

»Und die Menschen?«, frage ich laut. »Wo sind die Menschen, die diese Autos gefahren haben?«

Ich drücke Robinson fest an mich. Vor lauter Erschöpfung und Anspannung kommen mir die Tränen. Zum Glück ruft mich Luigi in diesem Moment. Ich schaudere und gehe eilig zurück, um dieser Weltuntergangsstimmung zu entkommen.

Luigi scheint seine gute Laune wiedergefunden zu haben – oder zumindest so etwas Ähnliches. Er schwenkt eine Tüte mit einem Schlauch darin.

»Alles okay, ich hab das Ersatzteil.«

Eine Stunde später ist das Auto repariert, der Motor schnurrt wie eine Katze und der Tank ist voll. Der Werkstattbesitzer hat mir netterweise erlaubt, Robinson in seinem Büro die Windeln zu wechseln, zwischen Rechnungen und Nutzfahrzeug-Katalogen. Ich habe sogar ein Notfallfläschchen vorbereitet, für alle Fälle. Das Problem ist nur, dass es jetzt endgültig dunkel geworden ist. Luigi ist bleich vor Müdigkeit und vor uns liegen noch hundertdreißig Kilometer.

»Glaubst du, du hältst durch?«, frage ich von der Rückbank. »Vielleicht sollten wir uns lieber ein Hotel suchen.«

Luigi dreht sich zu mir um.

»Hast du Angst?«

»Ein bisschen. Wirf mal einen Blick in den Spiegel.«

Er seufzt müde und beschließt zu meiner großen Erleichterung, ins Dorf zurückzufahren.

Die Gegend ist nicht gerade ein Touristenmagnet und die Geschäfte haben ihre Eisengitter schon vor Stunden heruntergefahren. Auf den Straßen ist nicht mal mehr eine Katze unterwegs. Man sieht nur die zuckenden Lichter der Fernsehbildschirme hinter den Fensterscheiben der Häuser. Luigi fährt um die Kirche herum und weiter in Richtung Rathaus.

»In diesem Kaff finden wir nie im Leben ein Hotel.«

Nachdem wir drei Runden durch den Ort gedreht haben, muss ich ihm recht geben. Das Dorf ist tatsächlich zu klein. Wir hatten schon riesiges Glück, hier einen Zufuhrschlauch aufzutreiben!

»Ich weiß, was wir machen«, sagt Luigi. »Wir halten einfach hier an.«

Vor uns ragt ein hohes Gebäude auf, wahrscheinlich die Schule, und Luigi zeigt auf eine Rasenfläche, auf der man parken kann.

»Ich schlafe ein oder zwei Stunden und danach fahren wir weiter.«

Er hält unter den Bäumen.

Ehrlich gesagt habe ich keine große Lust, im Auto zu schlafen, aber die Erinnerung an die zerquetschten Karosserien hinter der Autowerkstatt ist noch sehr präsent. Luigi stellt den Motor ab, schaltet die Lichter aus und kurbelt seinen Sitz nach hinten. Sofort senkt sich Stille über uns, so tief und schwarz wie die uns umgebende Nacht. Nur der leichte Wind, der durch das feuchte Laub weht, lässt ab und zu einen großen Wassertropfen auf die Windschutzscheibe fallen. Platsch.

Ich beuge mich zu Robinson hinunter. Er liegt auf dem Bauch und schläft, während er an einer Ecke des Lakens saugt. Ich ziehe vorsichtig das Kissen heran, lege meinen Kopf darauf und schließe die Augen. Platsch.

»Nur ein oder zwei Stunden, Mado«, murmelt Luigi und gähnt. »Bloß ein bisschen ausruhen.«

Ich ziehe die Knie an den Bauch. Platsch.

25. KAPITEL

Das Licht der Morgendämmerung reißt mich aus dem Schlaf. Mir tut alles weh, und ich kann kaum glauben, dass Robinson so lange geschlafen hat, ohne nach seinem Fläschchen zu verlangen! Aber es gibt keinen Zweifel, der Beweis liegt direkt neben mir: Robinson schläft ganz entspannt und atmet ruhig.

Luigi hingegen atmet ganz und gar nicht ruhig. Er liegt quer über den Vordersitzen, mit dem Bauch auf der Kupplung, und schnarcht.

So leise wie möglich steige ich aus dem Auto. Draußen ist es mild. Der süßliche, intensive Duft nach Blumen steigt mir in die Nase. Sofort zieht sich mein Magen zusammen. Kein Zweifel, ich habe einen Bärenhunger! Ich mache den Kofferraum auf und hole mein Portemonnaie aus der blauen Tasche. Um diese Zeit müsste ich eigentlich irgendwo eine geöffnete Bäckerei finden …

Ohne zu zögern, lasse ich die beiden Schlafenden zurück und gehe in Richtung Kirchplatz. Das feuchte Gras kitzelt mich an den Knöcheln und durchnässt den Saum meiner Hose. In der Ferne muhen Kühe … vielleicht gurgelt auch irgendwo ein Fluss. Davon abgesehen ist es vollkommen still. Kein Anzeichen menschlicher Aktivität, als wäre dieser Morgen der erste der Welt. Meine Beine sind noch ganz steif, aber der Himmel wölbt sich so klar über mir, dass ich auf der abschüssigen Straße zu laufen beginne. Eine unglaublich ausgelassene Freude erfüllt mich. Ich habe Hunger! Ich bin am Leben! Ich bin die Erste, die von diesem neuen Tag kostet! Ich fühle mich leicht, so leicht!

Außer Atem betrete ich die Bäckerei und grinse von einem Ohr zum anderen. Die Türglocke bimmelt.

»Guten Tag«, sagt die Bäckerin, als sie aus dem Hinterzimmer kommt.

Von dem Duft nach warmem Brot wird mir augenblicklich schwindelig, und ich bin fast wie im Rausch, als ich die Auslagen plündere. Je mehr die Frau in die Papiertüten füllt, desto breiter wird mein Grinsen. Vier Croissants. Vier Schokoladenbrötchen. Vier Apfeltaschen. Windbeutel.

»Dann nehme ich noch zwei Brioches und zwei kleine Flaschen Orangensaft«, beende ich meine Bestellung, kurz bevor ich ohnmächtig werde.

Die Bäckerin summt leise vor sich hin, während sie alles zusammenrechnet. Bestimmt freut sie sich über dieses gute Geschäft gleich zu Beginn des Tages, aber ihr Glück ist nichts gegen das, was mich erwartet! Kaum habe ich die Bäckerei verlassen, beiße ich in ein Schokoladenbrötchen. Hmm, lecker!

Mit vollem Mund schaue ich nach oben, als wollte ich mich beim Himmel dafür bedanken, dass er sich so still und friedlich über meinem Kopf wölbt. Die Kirchenglocke schlägt sechsmal, die Sonne scheint auf den Platz, irgendwo kräht ein Hahn, ein Auto fährt vorbei … Alles, was mir gestern düster vorkam, erscheint mir heute Morgen so fröhlich! Natürlich sind meine Probleme immer noch nicht gelöst, aber ich schiebe sie zur Seite und setze mich auf eine Bank in die Sonne, um diesen gestohlenen Moment des Glücks zu genießen.

Als ich zum Auto zurückkomme, sitzt Luigi auf der Motorhaube. Er dreht mir den Rücken zu, hat Robinson auf dem Arm und singt ihm etwas vor. Klingt wie ein italienisches Lied. Ich räuspere mich, um meine Anwesenheit anzukündigen.

Luigi hört auf zu singen. Er sieht mich an, ohne etwas zu sagen. Ich reiche ihm die Papiertüte und eine Orangensaft-Flasche. Wir lächeln einander zu. Ein einfaches Lächeln. An einem Morgen wie diesem, der wie verzaubert scheint, sind Worte überflüssig.

Zwei Stunden später rollen wir über die Pariser Stadtautobahn. Hochhäuser, riesige Werbetafeln und von der Sonne vergilbte Plakate ziehen vorbei.

Eine graue Wolke hängt über Paris. Hier gibt es jede Menge Lärm, unzählige Dächer, die sich bis zum Horizont erstrecken, den Hügel von Montmartre, den Eiffelturm, gehetzte Menschen … Jetzt sind die Ferien endgültig zu Ende und mich überkommt plötzlich eine heftige Sehnsucht nach dem Fluss und den Grillen der Ardèche. Bald sind wir zu Hause und dort werden alle Probleme über mich hereinbrechen. Am liebsten würde ich immer weiterfahren. Einfach im Auto sitzen bleiben und Kreise um die Stadt ziehen, bis ich mich wieder stark genug fühle.

»Und wenn wir sie abholen würden?«, fragt Luigi unvermittelt.

Gerade sind wir an der Ausfahrt ›Porte d'Aubervilliers‹ vorbeigefahren. Luigi wirft mir im Rückspiegel einen Blick zu.

»Wir müssten nur an der Porte de la Chapelle auf die Autobahn wechseln«, fährt er fort. »In fünf Stunden wären wir in Amsterdam.«

Mein Herzschlag beschleunigt sich. Ohne es zu wissen, hat Luigi mein stummes Flehen erhört. Aber ganz ehrlich, ich weiß nicht, ob …

»Wir müssen uns entschieden, Mado! Es sind nur noch fünfhundert Meter!«

Amsterdam? In fünf Stunden? Patty zurückholen? Und … Sander wiedersehen? Das ist völlig verrückt, keine Frage.

»Was jetzt?«

Luigi schreit fast. Wir sind gerade an dem Schild vorbeigefahren, das die Auffahrt zur A1 ankündigt. Ich werfe mich nach vorne.

»Okay!«

Luigi reißt in letzter Sekunde das Steuer herum und wechselt die Spur. Richtung Lille und Brüssel, immer nach Norden. Meine Finger umklammern die Kopfstütze des Vordersitzes. Luigi wirft mir einen schrägen Blick zu.

»Deine Schwester ist ein furchtbarer Dickschädel, aber wir werden ihr schon Beine machen, was?«

Ich fange an zu lachen, während wir Paris den Rücken kehren und der Eiffelturm im Rückspiegel immer kleiner wird. Luigi lacht auch und die Sehnsucht von vorhin löst sich mit einem Schlag in Luft auf. Nein, die Ferien sind noch nicht zu Ende! Wir sind frei wie die Vögel, und wenn alles gut geht, sehe ich heute Abend Sander wieder!

»Jippie!«

Luigi drückt auf die Hupe, einmal, zweimal, dreimal.

»Jippie! Jippie!«, ruft er.

Wir schreien eine Weile herum wie zwei glückliche Idioten, ohne uns um die Leute zu kümmern, die uns aus den anderen Autos schief ansehen, bis Robinson anfängt zu schreien und ich ihn auf dem Arm nehmen muss, um ihn zu beruhigen.

»Wir holen deine Mutter zurück«, sage ich immer noch mit einem Lachen in der Stimme. »Wenn es sein muss, schleifen wir sie an den Haaren nach Hause! Wir machen ihr klar, dass sie es zu weit getrieben hat. Sie wird schon noch merken, dass sie sich besser nicht mit uns dreien anlegt!«

Robinson entspannt sich wieder und hört auf zu weinen. Plötzlich fällt mir ein, dass er heute sieben Tage alt ist. Das ist ja fast ein kleiner Geburtstag! In einer Woche hat er Dutzende von Fläschchen getrunken, zwei Pakete Windeln verbraucht und achthundert Kilometer zurückgelegt. Fast neunhundert und bald sogar tausend! Nicht schlecht für so einen kleinen Kerl.

»Du wirst später bestimmt viel reisen«, flüstere ich in sein Ohr.

In diesem Moment klingelt es. Dingelingeling, dingelingeling. Es ist Luigis Handy. Mit der rechten Hand zieht er es aus seiner Jackentasche und gibt es mir.

»Gehst du ran? Vielleicht ist es ja Patty.«

Ich drücke auf den Knopf, und sofort fängt eine Frauenstimme an, auf mich einzureden. Ich verstehe kein Wort.

»Entschuldigen Sie, ich spreche kein Italienisch … Ich bin nur eine … eine Freundin von Luigi.«

Die Frau fragt mich mit starkem Akzent, was los ist, warum Luigi nicht selbst drangeht, wo er steckt, warum er noch nicht in Italien angekommen ist und ob er einen Unfall hatte, oh Santa Maria!

»Klingt wie deine Mutter.« Ich verziehe das Gesicht.

Luigi verdreht die Augen.

»Sag ihr, ich rufe sie in einer Stunde zurück.«

Ich erkläre ihr das Nötigste und versuche, so deutlich wie möglich zu sprechen: nein, kein Unfall, nichts Schlimmes, Luigi sitzt gerade am Steuer, ihm ist nur etwas dazwischengekommen, er ruft Sie zurück. Robinson zappelt auf meinem Arm. Ich muss lachen, als ich überlege, ob die Formulierung »ihm ist etwas dazwischengekommen« angebracht ist, wenn es um ein Baby geht.

»Ich glaube, sie macht sich Sorgen«, sage ich, nachdem das Gespräch beendet ist.

Luigi dreht die Handflächen nach oben.

»Alle Mütter machen sich Sorgen ...«

»Alle außer einer.« Ich seufze und lege Robinson wieder auf seine Matratze.

Ich denke an Patty. Nur weil sie dieses Baby auf die Welt gebracht hat, hat sie sich noch lange nicht in eine perfekte Mutter verwandelt. Sonst müssten wir ihr nicht quer durch Europa hinterherfahren! Die freudige Erregung, die ich gerade noch empfunden habe, wird von einer plötzlichen Niedergeschlagenheit verdrängt. Wie wird Patty reagieren, wenn wir ohne Vorwarnung in Amsterdam auftauchen? Wahrscheinlich schickt sie uns zum Teufel.

»Wieso hast du eigentlich keinen Akzent?«, frage ich Luigi, um auf andere Gedanken zu kommen.

»Ich? Isch habe keine Assent?«

»Pft!«

Luigi wirft mir einen amüsierten Blick zu.

»Ich bin in Frankreich geboren, Dummerchen! Glaubst du, in Nanterre spricht man mit italienischem Akzent?«

»Aber deine Mutter lebt doch in Italien, oder?«

»Sie ist nach der Scheidung vor zehn Jahren dorthin zurückgekehrt. Sie hat sich nicht mehr mit meinem Vater verstanden. Außerdem hatte sie ständig Heimweh.«

»Dann siehst du sie nicht besonders oft, oder?«

»Zwei- oder dreimal im Jahr, das reicht mir völlig! Wenn du sie kennen würdest, wüsstest du, was ich meine … Ich liebe sie, aber sie ist nun mal durch und durch Italienerin. Das kann ganz schön anstrengend sein.«

Wir fahren gerade an Senlis vorbei und es wird immer wärmer im Auto. Ich habe auf einmal keine Lust mehr zu reden. Luigis Worte schweben in der Luft wie Seifenblasen. »Das reicht mir völlig.« Wie kann es einem reichen, seine Mutter nur zweimal im Jahr zu sehen? Für mich, die ich meine Mutter nie wiedersehen werde, ist dieser Satz absolut unbegreiflich.

»Stört es dich, wenn ich Musik anmache?«, fragt Luigi.

Ich schüttle den Kopf. Musik ist jetzt genau das Richtige. Er stellt das Autoradio an. Eine Klarinette erklingt. Ein Konzert von Mozart, erklärt mir Luigi.

Ich lehne die Stirn gegen die Scheibe, schließe die Augen und verliere mich in den Tönen der Violinen und der Klarinette, die sanft und lieblich durchs Auto schweben wie Schmetterlinge über eine Blumenwiese.

26. KAPITEL

Kurz vor der belgischen Grenze halten wir an einer Tankstelle. Bald kann ich eine vergleichende Studie über die verschiedenen Cafeterien verfassen und sämtliche Autobahn-Rastplätze vom Süden bis in den Norden Frankreichs nach Sauberkeit geordnet auflisten. Hier ist der Wickelraum zumindest nicht ganz so klein und deprimierend wie in den anderen Raststätten.

»Auf geht's«, sage ich zu Robinson. »Zeit für eine saubere Windel.«

Luigi legt mir die Hand auf die Schulter.

»Ich mach das schon, Mado. Vertritt dir lieber ein bisschen die Beine und kauf dir was zu essen.«

Er streckt die Arme aus, um mir Robinson abzunehmen. Ich starre ihn ungläubig an.

»Du müsstest ihm aber auch ein Fläschchen machen und du weißt doch gar nicht …«

»Drei Messlöffel Milchpulver auf neunzig Milliliter Wasser«, erwidert er mit einem verschmitzten Lächeln. »Ich hab gut aufgepasst, wie du siehst.«

Ich bin sprachlos.

»War das nicht richtig?«, fragt Luigi beunruhigt.

»Doch, doch. Die Windeln sind im mittleren Fach der Tasche, und du kannst die Feuchttücher nehmen, um seinen Po sauber zu machen.«

Luigi schnappt sich die Tasche und seinen Sohn und verschwindet im Wickelraum. Einen Moment bleibe ich wie festgewachsen vor der Tür stehen und spitze die Ohren, um beim ersten Babygeschrei sofort eingreifen zu können. Schließlich kennt Robinson seinen Vater noch nicht besonders gut. Er ist noch nicht an seine Stimme und seinen Geruch gewöhnt. Vielleicht kriegt er ja Angst.

Meine Hand liegt auf der Türklinke, als zwei Jungs aus der Herrentoilette kommen. Sie gehen an mir vorbei, groß, braun gebrannt, die Sonnenbrillen in die Haare geschoben, und sehen zu mir herüber.

»Hallo!«, sagt der Dunkelhaarige.

»Findest du den Weg zu den Toiletten nicht?« Der Blonde lacht.

Ich werde rot.

»Doch, doch, vielen Dank …«

Sie bauen sich vor mir auf, die Hände lässig in den Taschen ihrer Bermudashorts.

»Gehörst du auch zur Reisegruppe vom Sportverein?«

»Äh … nein.«

»Schade.« Der Dunkelhaarige lächelt. »Wir könnten noch ein paar hübsche Mädchen gebrauchen. Willst du nicht mitkommen? Wir machen dir auch einen Platz im Bus frei.«

»Genau«, beteuert der andere. »Wir rücken einfach ein bisschen zusammen. Wir fahren zum Segeln an die Nordsee.«

Ich schüttle verlegen den Kopf.

»Sag bloß, du stehst nicht auf Segeln«, wundert sich der Blonde.

Plötzlich öffnet sich die Tür zum Wickelraum und Luigi erscheint mit dem halb angezogenen Robinson auf dem Arm. Er merkt gar nicht, dass ich nicht allein bin.

»Ah! Mado, du bist noch da. Kannst du mir mal helfen? Ich komme mit der Windel nicht klar …«

Die Jungs werden blass und schnappen nach Luft wie Fische auf dem Trockenen. Ungläubig blicken sie von Luigi zu Robinson und von Robinson zu mir.

»Entschuldigt mich bitte«, sage ich. »Die Pflicht ruft.«

Die beiden Braungebrannten treten Hals über Kopf den Rückzug an und ich gehe in den Wickelraum, nicht unzufrieden mit der erzielten Wirkung. Es gibt doch nichts Besseres als ein paar schmutzige Windeln, wenn man lästige Verehrer loswerden will!

Als ich Luigi gerade zeige, wie man die Klebestreifen der Windel schließt, klingelt sein Handy.

»Mist, meine Mutter!«

Er lässt mich zu Ende wickeln und nimmt das Gespräch an. Ich warte darauf, dass er anfängt, Italienisch zu sprechen, aber statt Entschuldigungen und Erklärungen ist nur ein beunruhigendes Schweigen zu hören. Ich drehe mich zu ihm um. Mit der linken Hand umklammert er das Handy, die rechte hängt schlaff herab. Er macht ein merkwürdiges Gesicht.

»Ist es nicht deine Mutter?«

Er schüttelt den Kopf und verlässt hastig den Raum. Ich runzle die Stirn. Noch eine Katastrophe verkrafte ich nicht. Ich bereue es fast ein bisschen, die Einladung der beiden

Aufreißer ausgeschlagen zu haben. Wer weiß, vielleicht ist die Nordsee ja gar nicht so kalt, wie immer gesagt wird? Außerdem war der Dunkelhaarige ziemlich süß …

Ich beeile mich, den Wickelraum mit Robinson zu verlassen. Durch die Glastür zum Parkplatz sehe ich Luigi mit fest ans Ohr gedrücktem Telefon auf und ab marschieren. Ich nehme all meinen Mut zusammen und gehe zu ihm hinaus. Ich bekomme nur noch den letzten Satz der Unterhaltung mit.

»Okay, okay, wir kommen.«

Er schaltet das Handy aus.

»Wohin kommen wir?«, frage ich misstrauisch.

Luigi sieht mich ernst an. Auf seinem Gesicht zeichnen sich gleichzeitig Wut, Erleichterung und Überraschung ab. Eine explosive Mischung.

»Das war Patty«, sagt er. »Sie ist in Paris.«

Ich beiße mir auf die Lippe. Patty, wer sonst … Sie ist Spezialistin für explosive Mischungen. Im ersten Moment sage ich nichts, weil es nichts zu sagen gibt. Ich habe einen Kloß im Hals. Ich denke an Sander und all die Kilometer, die wir gefahren sind. Völlig umsonst.

Mit finsterem Gesicht öffnet Luigi die Autotür. Er wäre bestimmt auch lieber weitergefahren. Natürlich aus anderen Gründen als ich. Ja, ja, die Faszination der Straße …

Im Auto erklärt mir Luigi, was passiert ist. Gestern Abend ist Patty zu spät in Paris angekommen und hat den letzten Zug nach Amsterdam verpasst. Sie hätte in unsere Wohnung gehen und dort übernachten können, aber sie hatte Angst, dass Robinson und ich schon dort sind und ich sie nicht mehr weglasse. Ein nervöses Lachen überkommt mich.

»Und wo hat sie dann geschlafen?«, frage ich.

»An der Gare du Nord, schließlich ist sie ein großes Mädchen.«

»Du meinst, im Bahnhof? Auf dem Boden?«

»Offensichtlich. Nachts ist ihr die Tasche geklaut worden. Als sie aufgewacht ist, hatte sie nichts mehr: kein Geld, keine Papiere … und keinen Schlüssel.«

Ich stütze den Kopf in die Hände. Ist das die Wahrheit oder wieder eins von Pattys Lügenmärchen?

»Von wo aus hat sie angerufen?«

»Von eurer Hausmeisterin. Die hat ihr erzählt, dass ich bei ihr war und zu euch in die Ardèche wollte. Da ist Patty auf die Idee gekommen, mich auf dem Handy anzurufen.«

»Spitzenidee.«

Luigi nickt und startet den Wagen. So ist das also. Der Vogel Patty ist in seinen Käfig zurückgekehrt und unser kleiner Ausflug ist zu Ende. Ich merke, wie sich die Wut in meiner Brust ballt.

»Hat sie sich wenigstens entschuldigt?«

»Was glaubst du wohl?« Luigi seufzt. »Es hat nur noch gefehlt, dass sie mir vorwirft, euch geholfen zu haben. Eine Entschuldigung hört sich anders an …«

»Und Robinson?«, wettere ich. »Hat sie nach ihm gefragt? Hat sie sich erkundigt, wie es ihm geht?«

Luigi schüttelt bedrückt den Kopf.

Meine Schwester ist unglaublich, keine Frage. Sie bekommt immer, was sie will, ganz egal in welcher Situation. Das hat sie ihrer Dickköpfigkeit zu verdanken: Vor so viel Sturheit knicken alle ein. Selbst Papa und Mama sind nicht dagegen angekommen.

Wir drehen um und fahren zurück. Während die Leitplanken und die kümmerlichen Büsche auf dem Mittelstreifen an uns vorbeiziehen, versinke ich in Erinnerungen. Ich erinnere mich zum Beispiel an die endlosen Diskussionen während Pattys Schulzeit. Jahrelang haben Papa und Mama dafür gekämpft, dass sie es bis zum Abitur schafft. Nach der Zehnten haben sie Patty auf ein privates Gymnasium geschickt, wo sie ihre Wissenslücken schließen sollte. Zwei Jahre später waren die Lücken immer noch da. Patty wurde bald volljährig, warum sollte man sich also noch länger etwas vormachen? Das Gehirn meiner Schwester ist von Motten zerfressen und so löchrig wie ein Sieb.

Eines Abends, als Patty ihr katastrophales Zwischenzeugnis nach Hause brachte, haben meine Eltern die Waffen gestreckt. Der Kampf um Pattys Abitur war beendet.

Patty hatte sich ums Abendessen gekümmert, als kleine Wiedergutmachung. Ich habe immer noch den Geschmack der tiefgekühlten gefüllten Tomaten auf der Zunge, die an den Rändern etwas angebrannt waren. Papas Worte kamen überraschend, sie waren einfach und ohne jede Bitterkeit: »Nicht jeder ist für dieses Bildungssystem geschaffen«, sagte er. »Wir sollten es nicht noch weitertreiben, Patty. Belassen wir es dabei.«

Als Patty klar wurde, dass sie niemand mehr dazu zwingen würde, den Satz des Thales oder Baudelaires Gedichte auswendig zu lernen, strahlte sie über das ganze Gesicht. »Wir wollen nur, dass du glücklich bist«, fuhr Mama fort. »Deshalb such dir eine Beschäftigung, die dich glücklich macht, wenn du jetzt mit der Schule aufhörst.«

Ohne zu zögern, antwortete Patty: »Kellnerin!«

Sie hatte bereits während der letzten beiden Sommerferien in einer Pizzeria gejobbt. Die Besitzer waren zufrieden mit ihr und wollten sie gern fest einstellen. Papa nickte. »Die Gastronomie ist ein hartes Geschäft, aber warum nicht?« Und Mama fügte hinzu: »Als Erstes solltest du lernen, die Tomaten nicht anbrennen zu lassen.« Und das war's. Ende der Diskussion. Einen Monat später fing Patty an zu arbeiten.

Hinter den Leitplanken liegt das flache Land von Pas-de-Calais im Sonnenschein. Ab und zu hebt sich eine vom Bergbau übrig gebliebene Abraumhalde seltsam schwarz vor dem Blau des Himmels ab.

Und ich?, denke ich. Was will ich einmal werden? Kindermädchen? Professionelle Tante? Hebamme? In dem Bereich habe ich immerhin schon Erfahrung! Ich stelle mir die entsetzten Blicke meiner Eltern vor. »Nein, Mado! Du darfst dich nicht opfern! Du bist begabt, du solltest studieren, lesen, nachdenken und schreiben ...«

Ich zucke mit den Schultern. Meine Kehle ist trockener als die Wüste. Wozu soll ich studieren, wenn das Schicksal es darauf abgesehen hat, mich unglücklich zu machen? Wozu soll ich Jahreszahlen, mathematische Formeln und Gedichte auswendig lernen, wenn Robinson in ein Kinderheim kommt?

Mein Magen krampft sich schmerzhaft zusammen. Mir wird klar, wie sehr ich den kleinen Kerl in der kurzen Zeit lieb gewonnen habe. Seit seiner Geburt waren wir noch keinen Tag getrennt. Er ist bei mir geblieben! Er hat sich nicht im Morgengrauen feige davongeschlichen!

Plötzlich sehe ich eine Horde Sozialarbeiterinnen vor meinem inneren Auge, die eines Morgens in die Wohnung stürmen und rufen, dieses Kind sei nicht meins, und die mir vorwerfen, ich hätte mich schlecht um den Kleinen gekümmert. Sie beugen sich über Robinson und strecken ihre Krakenarme nach ihm aus … Sie fallen über mich her, entreißen ihn mir, stehlen ihn mir!

»Mado!«, ruft Luigi. »Ich kann mich nicht aufs Fahren konzentrieren, wenn du so stöhnst. Was ist denn los?«

Ich zucke zusammen. Ich muss kurz eingedöst sein. Ich habe Durst. So schrecklichen Durst, dass es fast wehtut. Ich beuge mich vor und greife nach der Wasserflasche. Dabei streift meine Stirn Robinsons Füße, die über den Rand des Sitzes hängen. Sie sind so klein, diese Füße, so winzig … Plötzlich breche ich in Tränen aus.

Während ich weine, fährt Luigi weiter, schweigend und mit eingezogenem Kopf. Der Arme! Er muss wirklich einiges aushalten mit den Schwestern Yazinsky …

27. KAPITEL

In der Wohnung ist es warm, und mir schlägt dieser typische muffige Geruch entgegen, wie immer, wenn man aus den Ferien kommt. Der Geruch nimmt einem die Luft zum Atmen und man würde am liebsten gleich wieder wegfahren. Luigi geht auf Zehenspitzen durchs Wohnzimmer wie ein Seiltänzer und legt Robinson möglichst vorsichtig aufs Sofa. Ich halte die Luft an. Wenn er aufwacht, fängt er bestimmt wieder an zu schreien, und das wäre einfach zu viel für mich … Doch zum Glück schläft Robinson weiter. Ich glaube, dieses Baby ist schlau genug, um zu verstehen, dass es sich in den nächsten Stunden besser möglichst unsichtbar macht … Seine Mutter ist wieder da und stiehlt ihm die Schau.

Es ist so still wie in einer Kirche, als ich die wichtigsten Sachen auspacke (Fläschchen, Milchpulver, Windeln …), während Luigi zum Auto hinuntergeht, um das restliche Gepäck zu holen.

Patty steht die ganze Zeit reglos im Flur. Wir haben kaum drei Worte gewechselt, seit sie bei unserer Ankunft auf dem Bürgersteig aufgetaucht ist.

Ich gehe in die Küche, um die Wasserflasche in den Kühlschrank zu stellen und das Fenster zu öffnen. Dieser Geruch erstickt mich und dreht mir fast den Magen um. Ich brauche Luft!

Als ich ins Wohnzimmer zurückkomme, hat sich Patty immer noch nicht bewegt. Tränen rollen über ihre bleichen Wangen. Ich schwanke zwischen zwei Möglichkeiten: Soll ich ihr an die Gurgel gehen und sie erwürgen oder ihr um den Hals fallen und sie trösten? Ich schließe kurz die Augen, stoße einen Seufzer aus und beschließe, gar nichts zu tun. Alles in allem verdient Patty weder erwürgt noch bemitleidet zu werden.

Luigi kommt bepackt wie ein Maulesel in die Wohnung zurück. Es ist vier Uhr nachmittags am 17. August, und ich kann mich nicht erinnern, jemals in meinem Leben so müde gewesen zu sein.

Einen Moment schweigen wir alle drei, unentschlossen und etwas verlegen.

»Also, ich gehe jetzt unter die Dusche«, verkündet Patty unvermittelt und verschwindet in Richtung Badezimmer. »Ich stinke wie eine alte Pennerin.«

Ich wechsle einen Blick mit Luigi, der erleichtert wirkt, sich noch eine Weile mit ganz prosaischen Dingen beschäftigen zu können: Duschen, essen, schlafen, das kriegen wir hin. Miteinander reden und wichtige Entscheidungen treffen, dazu kommen wir später.

»Ich geh einkaufen«, sagt er zu mir.

Auf einmal stehe ich allein und mit hängenden Armen in dieser Wohnung, die mir gleichzeitig vertraut und fremd erscheint. Vor allem von Robinsons Anwesenheit bin ich seltsam berührt. Muss ich mich daran gewöhnen, ihn auf dem Sofa schlafen zu sehen?

Ich schleppe meinen Koffer in mein Zimmer.

Auch hier riecht es muffig und ich öffne weit das Fenster. Ein Luftzug lässt die Papiere auf meinem Schreibtisch rascheln. Ich fahre mit dem Finger über den Deckel eines Buches, das ich vor drei Wochen dort liegen gelassen habe. Eine feine Staubschicht hat sich darauf gebildet. Als ich gegen meinen Finger puste, wirbeln winzige Staubkörner durch die Luft und tanzen in den Sonnenstrahlen. Ob irgendwann alles wieder seinen gewohnten Gang geht? Werde ich eines Morgens an diesem Schreibtisch meine Hefte und Bücher öffnen, um Hausaufgaben zu machen wie eine ganz normale Schülerin?

Ich hebe den Kopf. Mein Blick fällt auf die beiden Gesichter, die ich auf die Tapete gemalt habe, bevor wir in die Ferien gefahren sind. Die hatte ich fast vergessen! Ihre großen Augen, ihre dicken Nasen und ihr starres Lächeln … Meine Papier-Eltern, meine nutzlosen Schutzengel.

»Ja, ich war glücklich«, steht in der Sprechblase des ersten Gesichts.

»Ja, ich habe es geliebt«, fügt das zweite hinzu.

Wie konnte ich nur die Tapete vollkritzeln? Bin ich schon so einsam, dass ich mir alberne Fantasie-Freunde ausdenken muss?

Zitternd stelle ich mich vor die beiden Gesichter.

»Ihr hättet Robinson geliebt«, sage ich zu ihnen. »Er schreit oft, aber er ist so niedlich.«

Meine Hände tasten auf dem Schreibtisch nach einem Stift. Ich nehme die Kappe ab und korrigiere den Text in den Sprechblasen. Präsens statt Imperfekt. Nun steht dort: »Ja, ich bin glücklich« und »Ja, ich liebe es«.

»Ab jetzt findet unser Leben im Präsens statt«, murmele ich. »Wir leben von einem Tag zum nächsten. Es zählt nur noch die unmittelbare Gegenwart.«

Ich setze mich auf den Boden vor meinen aufgerissenen Koffer, aus dem die Eingeweide herausquellen wie aus einem frisch Operierten, den man nicht wieder zugenäht hat. Alles fliegt durcheinander: die saubere und die schmutzige Wäsche, mein Waschzeug, die Reiseapotheke und *Mein erstes Baby*, dessen Seiten lauter Eselsohren haben.

Auf Seite 128 finde ich den Zettel mit Sanders Adresse. Beim Anblick seiner Schrift muss ich lächeln, weil sie so verschnörkelt ist wie die eines Mädchens. Ganz unten steht eine unendlich lange Zahlenfolge. Seine Telefonnummer. Ich müsste sie nur wählen, um seine oder Britts Stimme zu hören … oder die von Daan. Mein Herz zieht sich zusammen. Ich verstecke den Zettel lieber, damit Patty nicht wieder irgendwelche Dummheiten macht, falls sie ihn findet.

Ich nehme mir vor, Sander zu schreiben, sobald sich hier alles etwas beruhigt hat, um ihm zu erzählen, dass wir fast nach Amsterdam gefahren wären, es aber leider nur bis kurz vor die Grenze geschafft haben … Wahrscheinlich hält er mich dann endgültig für durchgeknallt!

In diesem Moment klopft es an meiner Tür.

»Ich bin's«, erklingt Pattys Stimme.

Ich kann den Zettel gerade noch zwischen die Seiten des Buches schieben, da kommt Patty auch schon mit einem um den Kopf geschlungenen Handtuch herein.

»Mado, es …«

Ohne mich um Erlaubnis zu fragen, setzt sie sich auf mein Bett.

»… es tut mir wirklich leid«, fährt sie mit erstickter Stimme fort. »Ich habe mich von vorne bis hinten völlig idiotisch benommen, und ich weiß nicht, wie du mich noch ertragen kannst, aber was ich eigentlich sagen will, ist …«

Sie verstummt und ringt die Hände. Will sie mir sagen, dass sie mich liebt? Will sie mich um Entschuldigung bitten? Wenn ihr diese Worte tatsächlich über die Lippen kommen, breche ich garantiert wie üblich in Tränen aus und mein ganzer Ärger löst sich in Luft auf.

»Ich möchte nicht, dass Luigi den Abend hier verbringt«, murmelt sie schließlich. »Ich will nicht mit ihm reden. Ich habe ihm nichts zu sagen.«

»Wie bitte?«

Vor lauter Verblüffung fange ich beinahe an, laut zu lachen.

»Du hast ihm nichts zu sagen? Soll das ein Witz sein?«

Sie schüttelt den Kopf. Das Handtuch löst sich und fällt auf ihre Schultern, darunter kommen ihre weißblonden Haare zum Vorschein.

»Luigi soll mich in Ruhe lassen, Mado. Ich brauche ihn nicht. Sobald das Baby adoptiert worden ist, fahre ich zu Daan nach Amsterdam.«

Ich fasse es nicht, aber gleichzeitig ist das auch typisch Patty. Sie verfolgt ihr Ziel, ihre fixe Idee, und alles andere ist ihr völlig egal. Dass Luigi zwei Tage auf der Straße verbracht und dabei Robinsons Geschrei, meine Launen und eine Autopanne ertragen hat, lässt sie völlig kalt.

»Was denkst du dir eigentlich, Patty?«, schreie ich wütend.

»Dass du dieses Baby in die Welt gesetzt hast und es jetzt Knall auf Fall wieder loswerden kannst? Glaubst du wirklich, es ist so einfach?«

»Ich hasse es, wenn du in diesem Ton mit mir sprichst, Mado!«

»Soll ich mich etwa noch bei dir bedanken? Du haust einfach bei Nacht und Nebel ab, erzählst eine Lügengeschichte nach der anderen und lässt uns mit einem sieben Tage alten Baby allein! Wenn dir nicht die Tasche geklaut worden wäre, wo wärst du dann jetzt?«

»Weit weg von dir, auf jeden Fall!«, schreit Patty. »Weit weg von hier, weit weg von allem! Dann hätte ich endlich meine Ruhe!«

Am liebsten würde ich ihr eine scheuern.

»Du kannst die Menschen nicht einfach so aus deinem Leben streichen. Luigi ist Robinsons Vater! Solange ihr euch nicht ausgesprochen habt, bleibt er hier!«

Patty knüllt das Handtuch zusammen und wirft es mir wütend ins Gesicht.

»Du bist auf seiner Seite, stimmt's? Ich dachte, du findest ihn dumm und hässlich! Sag bloß, du hast deine Meinung geändert?«

Mir bleibt keine Zeit zu antworten, denn Luigi hat soeben die Zimmertür geöffnet. Mit wächsernem Gesicht und bebenden Lippen wirft er uns einen tieftraurigen Blick zu, dann schließt er einfach wieder die Tür. Ich bin wie gelähmt.

Patty steht auf, greift nach ihrem Handtuch und geht hinaus. Drei Sekunden später höre ich ihre Zimmertür zuknallen. Der Abend fängt ja gut an!

17. August, 23.00 Uhr

Meine lieben Eltern,

hier kommen ein paar Neuigkeiten aus der Welt der Lebenden …

Ich setze den Stift ab und werfe einen scheuen Blick zur Wand. Die beiden auf die Tapete gekritzelten Gesichter lächeln mir immer noch zu, als wollten sie mich ermutigen, den Brief weiterzuschreiben. Doch ich bin mir nicht sicher, ob das eine gute Idee ist. Wenn ich mich weiter mit Toten unterhalte, werde ich vielleicht irgendwann schizophren. Reif für die Klapse. Verrückt. Ob ich mit meiner Psychologin darüber sprechen sollte?

Erst einmal schreibe ich weiter. Es tut mir gut, meine Gedanken festzuhalten, es beruhigt mich.

Der Abend war gar nicht so schlimm, wie ich befürchtet hatte. Patty hat sich einen Ruck gegeben und ist aus ihrem Zimmer gekommen, was sie sicher viel Überwindung gekostet hat, und Luigi hat jede Anspielung auf unseren Streit vermieden. Er hatte offensichtlich beschlossen, Patty gegenüber cool zu bleiben, damit sie nicht wieder ausflippt.

Wir haben Spaghetti gegessen. Dabei haben wir ferngesehen, um nicht miteinander reden zu müssen. Ich weiß, ich weiß, man soll nicht vor dem Fernseher essen … Aber hin und wieder muss man seine Prinzipien auch mal über Bord werfen, oder?

Robinson hat nach seinem Fläschchen verlangt und wollte hinterher nicht wieder einschlafen. Patty hat keinen Finger gerührt. Luigi hat sich um Robinson gekümmert und ihn gewiegt, bis er auf dem Sofa eingeschlafen ist.

Ich habe Luigi angeboten, in eurem Zimmer zu übernachten, aber er wollte lieber im Wohnzimmer bei dem Baby bleiben.

Ich lege den Stift zur Seite. Gerade hat Robinson einen kleinen Schrei ausgestoßen. Er hat bestimmt Albträume. Kein Wunder! In *Mein erstes Baby* steht, ein Baby braucht Ruhe und Ausgeglichenheit. Das haben wir ja prima hingekriegt!

Ich habe keine Ahnung, ob Patty und Luigi es schaffen, miteinander zu reden. Irgendwann werden sie es tun müssen. Ihr könnt euch nicht vorstellen, wie sehr ihr uns fehlt.

Nächste Pause. Tränen im Anmarsch. Durchatmen, Mado. Ein, aus, ein, aus. Nicht gleich schwach werden.

Als ich vorhin im Flurschrank nach einer Decke für Luigi gesucht habe, ist mir der alte Schlafsack in die Hände gefallen. Erinnert ihr euch noch? Der rote, den ihr immer zum Camping mitgenommen habt, als wir das Haus in der Ardèche noch nicht hatten. Er ist so was von abgenutzt!

Als ich klein war, fand ich es toll, mich in den Schlafsack zu kuscheln, wenn es draußen kalt war. Ich lag in meinem Zimmer und habe mir Geschichten vom Mount Everest und einem Biwak im Gebirge ausgedacht. Meine Kuscheltiere haben auch mitgespielt. Mein Kaninchen verwandelte sich in ein Yak und mein Teddy in den bösen Yeti. Es war so schön, ein kleines sechsjähriges Mädchen zu sein … Warum muss man nur erwachsen werden?

Platsch. Eine Träne landet auf der letzten Zeile. Das Papier wellt sich und die Tinte verläuft. Bevor ich den ganzen

Brief unter Wasser setze, falte ich ihn zusammen und schiebe ihn zwischen meine Bücher.

Schluss jetzt, Mado, genug Emotionen für heute. Ab ins Bett.

28. KAPITEL

Am nächsten Morgen stehe ich als Erste auf.

Im Wohnzimmer liegt Luigi zu Robinsons Füßen auf dem Teppichboden und schläft tief und fest. Robinson zappelt auf dem Sofa herum und fängt gerade an zu quengeln. Ein halb leeres Fläschchen lehnt an der Armstütze, die Nacht scheint unruhig gewesen zu sein. Ich habe nichts gehört, mein Schlaf war tief, schwarz und traumlos.

Ich gehe zu Robinson, nehme ihn hoch und trage ihn in die Küche. Sauberes Fläschchen, Topf, Milchpulver. Während das Wasser heiß wird, stelle ich mich ans Fenster. Robinsons Kopf lehnt an meiner Schulter.

Draußen scheint die Morgensonne auf die Straße und lässt die Dächer der parkenden Autos funkeln. Ich entdecke Luigis Auto. Es ist das hässlichste von allen, aber auch das tapferste!

»Schau, Robinson«, murmele ich.

Ich drehe ihn zum Fenster und schiebe mit der anderen Hand den Vorhang zur Seite. Seine Augen sind weit geöffnet. Zwei Murmeln von undefinierbarer Farbe, irgendetwas zwischen Grau und Marineblau, die auf die Welt gerichtet sind.

»Schau, dort steht das Auto von deinem Papa.«

Robinsons Blick folgt meiner Handbewegung. Das Licht, das schräg in die Küche fällt, verfängt sich in den Falten des Vorhangs.

»Gefällt dir das Licht? Sieht hübsch aus, oder?«

Ich hebe den Baumwollvorhang an, während Robinson unkontrolliert mit Armen und Beinen zappelt. Ein unbeschwertes Lachen überkommt mich. Für Robinson ist alles neu und geheimnisvoll. Er weiß nicht, dass ein Vorhang »Vorhang« heißt und ein Auto »Auto«. Und er hat noch nie davon gehört, dass »Autos« manchmal in Löcher fallen, die man »Schlucht« nennt. Er kennt noch nichts von alldem, was uns umgibt und was uns so natürlich erscheint, sobald wir groß sind, dass wir es gar nicht mehr beachten. Mit ihm habe ich das Gefühl, alles könnte noch einmal von vorn anfangen, wir könnten die schlimmen Ereignisse einfach ausradieren und wieder bei null beginnen.

»Das ist eine *Straße*«, sage ich und spreche ganz langsam und deutlich. »*Unsere* Straße. Hier gibt es *Kastanienbäume*, *Geschäfte* und *Masten* mit *Telefonkabeln* … Und es kommen Leute vorbei. Siehst du sie? Siehst du den Mann dort unten, der mit seinem Hund Gassi geht? Und die Frau, die gerade das Eisengitter vor ihrem Laden hochschiebt? Das ist die *Kurzwarenhändlerin*. Ihr Laden ist eine *Kurzwarenhandlung*. Als ich klein war, bin ich dort oft mit Mama gewesen und hab Garn in allen Farben gekauft. Mama hat *Stickbilder* gemacht. Ich fand die *Stickbilder* schön. Sie sind eigentlich etwas altmodisch, aber mir haben sie gefallen. Schau mal! Hast du das kleine Mädchen gesehen, das auf dem Bürgersteig mit dem *Fahrrad* fährt? Eines Tages lernst du auch

Radfahren. Dann musst du einen *Helm* aufsetzen. Ich halte dich fest, damit du nicht hinfällst, okay?«

Robinson schmiegt sich an mich, er ist ganz still und aufmerksam. Das erste Mal seit Monaten verspüre ich wieder eine tiefe innere Ruhe. Das erste Mal betrachte ich die Straße auf diese Art, als würde Robinson mir neue Augen leihen, um die Welt durch sie zu sehen. Der Vorhang bauscht sich in einem leichten Luftzug, die Sonne hat es sich für den restlichen Tag am Himmel bequem gemacht und hinter mir beginnt das Wasser zu kochen. In diesem Moment brauche ich nichts anderes. Das gähnende Loch in meiner Brust ist verschwunden. Robinson hat seinen Platz eingenommen. Dieses Gefühl ist so überwältigend, dass ich mich nicht zu bewegen wage, aus Angst, der Zauber könnte verfliegen.

Eines Tages möchte ich all das sehen: Robinson auf einem Fahrrad, Robinson auf einer Rutsche, Robinson, der läuft, lacht, spielt und wächst.

»Hallo, Mado«, sagt eine heisere Stimme hinter mir.

Ich drehe mich um. Patty kommt in die Küche. Ihre Haare sind zerzaust, aber sonst sieht sie halbwegs erholt aus.

»Weinst du?«, fragt sie erstaunt.

Ich schüttle den Kopf in der Hoffnung, das Offensichtliche leugnen zu können. Wie soll ich ihr erklären, dass ich dieses Mal nicht aus Traurigkeit weine, sondern weil ich gerade etwas sehr Mächtiges spüre: das Gefühl, wirklich zu leben?

Patty kommt auf mich zu und streckt die Arme nach Robinson aus.

»Darf ich ihm sein Fläschchen geben?«

»Natürlich.«

Wir schweigen eine Weile. Robinson trinkt, ich koche Kaffee. Jede Sekunde, die vergeht, erscheint mir zerbrechlich.

»Hast du ihm diesen Namen gegeben?«, fragt Patty. »Robinson … klingt seltsam.«

»Vielleicht«, sage ich, während ich Butter auf meinen Zwieback streiche. »Aber du musst zugeben, dass alles seltsam ist, seit er geboren wurde, oder?«

»Alles ist seltsam, seit Papa und Mama nicht mehr da sind«, korrigiert mich meine Schwester. »Ich wusste ja schon vorher nicht so richtig, wo es langgeht … aber jetzt ist es noch schlimmer.«

Ich nicke, dann lächle ich.

»Wenigstens wird es nicht langweilig.«

Patty lächelt auch. Doch in diesem Moment kommt Luigi in die Küche und Pattys Gesicht verfinstert sich wieder. Sie dreht den Kopf weg, um seinem Blick nicht zu begegnen. Die kurze Ruhepause ist vorbei.

»Nimm du ihn.« Hastig gibt sie mir Robinson zurück und verlässt die Küche, während Luigi einen schweren, entmutigten Seufzer ausstößt.

Der restliche Tag ist die Hölle. Jedes Mal, wenn Patty und Luigi sich über den Weg laufen, blaffen sie sich an. Sie schreien, weinen und hassen sich. Ich versuche, inmitten dieses Sturms nicht unterzugehen. Ich kümmere mich um Robinson, tröste mal den einen, mal den anderen … und weine selbst ein bisschen in meinem Zimmer.

Schließlich habe ich so die Nase voll, dass ich beschließe, das Schlachtfeld zu verlassen. Ich flüchte nach draußen.

Ich laufe zwei Stunden ziellos durch die Straßen. Ich überquere die Seine erst in die eine Richtung, dann in die andere. Irgendwann bleibe ich vor einem Babygeschäft stehen. Ich gehe hinein und kaufe, ohne länger darüber nachzudenken, zwei neue Strampelanzüge, ein kleines Paar Babyschuhe und eine Rassel mit Glöckchen. Dann habe ich mich abreagiert.

Auf dem Rückweg drücke ich die Tüte an meine Brust, als hätten diese unbedeutenden Gegenstände die Macht, mich zu beschützen oder Schicksalsschläge abzufangen. Aber vor unserem Haus bleibe ich stehen. Meine Füße, mein Herz, alles tut weh. Es liegt nicht in meiner Hand, ob Robinson bei uns bleibt oder nicht. Das Schicksal entgleitet mir. Wütend werfe ich die Tüte in den Mülleimer im Hof.

Als ich zurück in die Wohnung komme, sitzen sich Luigi und Patty im Wohnzimmer gegenüber, stumm und mit müden Gesichtern. Die Luft ist schwer. Ich gehe an ihnen vorbei, ohne etwas zu sagen, und flüchte in mein Zimmer.

Fünf Minuten später klopft Luigi an meine Tür. Er will mit mir reden. Ich habe eigentlich keine große Lust, aber ich lasse ihn trotzdem herein.

18. August

Meine lieben Eltern,

ob ihr es glaubt oder nicht, das Wunder ist geschehen: Luigi und Patty haben endlich miteinander gesprochen. Sie haben es sogar geschafft, eine Entscheidung zu treffen. Nicht, was Robinsons Adoption betrifft, aber immerhin: Sie haben einen Termin mit der Sozialarbeiterin vereinbart. Sie kommt morgen zu uns nach Hause. Wenn ich es richtig verstanden habe, weiß sie noch nicht, was los ist … Sie wird es also erst hier erfahren, live und in Farbe. Ich hoffe, sie hat kein schwaches Herz!

Ich kaue auf der Kappe meines Stifts herum.

Bestimmt bekommen wir morgen eine ordentliche Standpauke und eine Nachhilfestunde in Zivilrecht! In *Mein erstes Baby* steht, dass man direkt nach der Geburt eine Menge Behördengänge erledigen muss. Bis jetzt ist Robinson nirgendwo gemeldet oder registriert. Er ist eine Art Phantom.

Als ich die Neuigkeit erfahren habe, ging es mir gleich etwas besser. Endlich bekommen wir Hilfe! Ich bin wie eine Irre nach unten gerannt, um meine Einkäufe zu retten. Die Hausmeisterin war gerade dabei, die Mülleimer an die Straße zu stellen. Wahrscheinlich hält sie mich für total verrückt! Die Tüte war ein bisschen schmutzig, aber die Sachen für Robinson waren unversehrt.

Vorhin habe ich die Rassel vor Robinsons Gesicht gehalten und geschüttelt. Es schien ihm zu gefallen.

Ich stehe auf, gehe zum geöffneten Fenster und stütze mich auf die Ellbogen. Die Nacht ist mild und ruhig. In einer der Wohnungen im Haus gegenüber ist noch Licht. Schatten bewegen sich hinter den Vorhängen in der Küche und im Wohnzimmer. Was tun diese Menschen? Wer sind sie? Welche Sorgen haben sie? Warum kann ich nicht jemand anders sein?

Es klopft wieder an meiner Zimmertür.

»Mado? Schläfst du schon?«

Es ist Patty.

»Einen Moment!« Ich gehe zum Schreibtisch und verstecke meine Korrespondenz mit den Toten, dann lasse ich meine Schwester herein.

»Ich kann nicht schlafen«, jammert sie und lässt sich auf mein Bett fallen. »Das Baby …«

»Robinson«, verbessere ich.

Sie stützt sich auf den Ellbogen und runzelt trotzig die Stirn.

»Das Baby. Ich nenne ihn ›das Baby‹.«

»Luigi …«

»Komm mir nicht mit Luigi!«

»Okay«, sage ich. »Willst du lieber über Klamotten reden?«

Patty presst die Lippen aufeinander. Ich stehe mit verschränkten Armen vor ihr, in Verteidigungshaltung. Seit zwei Tagen macht Patty nur den Mund auf, um sich zu beschweren oder wenn sie etwas von mir will. Kein einziges Mal hat sie sich erkundigt, wie es mir geht.

»Ja, ich würde lieber über Klamotten reden, wenn du es genau wissen willst.« Sie seufzt. »Dann könnte ich endlich mal abschalten.«

»Hübsches Nachthemd«, sage ich eisig.

Patty sieht an sich herab. Statt eines Nachthemds trägt sie ein altes T-Shirt, das mit dem Gesicht eines Heavy-Metal-Sängers bedruckt ist. Er hat blutunterlaufene Augen, und über seinem Kopf winden sich zwei Schlangen, in deren aufgerissenen Mäulern bedrohliche Fangzähne aufblitzen. Kein Wunder, dass Robinson Albträume bekommt!

»Du hasst mich, oder?«, fragt sie.

»Sollte ich?«

Pattys Kinn beginnt zu zittern.

»Ich schätze schon«, sagt sie mit rauer Stimme. »Bis jetzt hab ich nichts richtig gemacht.«

Ich atme geräuschvoll aus, um ihr meine Verärgerung zu zeigen.

»Hör auf damit, Pat. ›Ich bin dumm, ich bin schlecht, ich bin zu nichts zu gebrauchen …‹ Damit machst du es dir zu einfach!«

Sie sitzt starr auf meinem Bett, mit offenem Mund und feuchten Augen.

»Du klingst wie Luigi«, sagt sie mit erstickter Stimme. »Ist das eine Verschwörung, oder was?«

Sie kauert sich auf meinem Bett zusammen und zieht die Knie ans Kinn.

»Als du heute Nachmittag unterwegs warst, hat das Baby gespuckt. Ich hab mir Sorgen gemacht, deshalb hab ich in deinem Zimmer nach dem Buch gesucht.«

Ich sehe Patty überrascht an. Das ist absolut untypisch für sie. Dann werfe ich einen Blick zu meinem Schreibtisch. *Mein erstes Baby* ist tatsächlich nicht mehr da.

»Keine Ahnung, warum er gespuckt hat«, fährt Patty fort. »Das hat von selbst wieder aufgehört. Aber ich habe das hier gefunden.«

Sie öffnet die Hand. Darin liegt der Zettel, auf den Sander seine Adresse und Telefonnummer geschrieben hat. Autsch. Ich glaube, jetzt weiß ich, worauf sie hinauswill.

»Ich hab Daan angerufen«, gesteht Patty.

»Aha.«

»Mein Englisch ist grottenschlecht, aber das Wichtigste hab ich verstanden …«

Noch mal autsch.

»Er will mich nicht wiedersehen.« Sie schluchzt. »Er mag mich, aber …«

Das war's, sie heult wie ein Schlosshund. Trotz meiner Wut und dem festen Entschluss, mich dieses Mal nicht von Pattys Tränen einwickeln zu lassen, merke ich, wie ich weich werde.

»Es war nur ein Urlaubsflirt für ihn, Mado!«, ruft sie. »Ich hab mir die ganze Zeit etwas vorgemacht. Ich dachte, ich könnte fortgehen! Ein neues Leben anfangen! Ich dachte, Britt könnte mir helfen und ich hätte eine neue Familie gefunden! Ich hab davon geträumt, dass wir drei, du und ich und das Baby, in Holland in einem hübschen Haus leben, mit Tulpen im Garten! Ich hab das wirklich für möglich gehalten!«

Im Nu steigen auch mir die Tränen in die Augen. Jedes Wort von Patty bohrt sich in mein Herz. Ich habe auch an all dies geglaubt, einen Kuss und eine in Sanders Armen durchtanzte Nacht lang. Ich hätte Britt auch gerne als Adoptivmama gehabt … Ich wollte auch Tulpen und Windmühlen.

Ich setze mich neben Patty aufs Bett und lege ihr sanft den Arm um die Schulter.

»Ich bin da«, sage ich.

Meine restliche Wut schmilzt wie Schnee in der Sonne. Unsere Köpfe und Wangen berühren sich. Und unsere Herzen wahrscheinlich auch. Jetzt verstehe ich, warum Patty plötzlich doch mit Luigi geredet hat. Nach dem Anruf muss ihr endlich klar geworden sein, dass sie nicht länger in ihrer Traumwelt leben kann, sondern sich ganz schnell um die Realität kümmern muss. Die Landung in der Wirklichkeit war bestimmt ziemlich schmerzhaft.

Nach einer Weile beruhigen wir uns wieder. Patty putzt sich die Nase. Ihr T-Shirt ist ganz nass. Ich lache nervös.

»Was ist so lustig?«, fragt Patty.

»Ich stelle mir gerade das Gesicht der Sozialarbeiterin vor, wenn sie morgen Rob…, ich meine, ›das Baby‹ entdeckt.«

Patty stößt einen schweren Seufzer aus.

»Luigi will ihn behalten«, murmelt sie.

Ich zucke zusammen.

»Er hat es mir heute Nachmittag gesagt«, fährt Patty fort. »Er will nicht, dass Robinson adoptiert wird. Er sagt …«

Sie verstummt.

»Was sagt er?«, frage ich.

Schon wieder Tränen.

»Er sagt, er liebt ihn.«

Ich greife nach Pattys Händen und drücke sie so fest, dass ich ihr fast die Finger breche.

»Ich liebe Robinson auch«, sage ich. »Und ich mag Luigi. Er ist überhaupt kein Idiot.«

»Ich weiß«, gibt Patty zu.

Wir legen uns erschöpft nebeneinander aufs Bett. Durch das geöffnete Fenster weht lauwarme Luft herein. Mücken tanzen unter der Decke.

»Na, so was … hast du die Wand angemalt?«, wundert sich Patty, als sie die beiden Gesichter bemerkt.

Ich werde rot und hülle mich in Schweigen. Ich habe nicht die geringste Lust, ihr den Sinn dieser Kritzeleien zu erklären.

»Keine Ahnung, was da in mich gefahren ist«, murmele ich. »Ich werde ein Poster drüberhängen … Glaubst du, ich bin auch verrückt? Ich meine, glaubst du, ich bin genauso durchgeknallt wie du? Könnte das in der Familie liegen? Glaubst du, wir sind uns vielleicht ähnlicher, als wir denken?«

Ich drehe den Kopf und sehe Patty an, aber sie ist eingeschlafen.

29. KAPITEL

12. Oktober

Patty sitzt auf dem Sofa, ein Bein unter dem Po, das andere auf dem Couchtisch. Mit welcher Farbe sie sich an einem Tag wie diesem wohl die Fußnägel lackiert? Ich beobachte sie halb versteckt hinter meinem BWL-Buch. Montag schreibe ich einen Test über den Börsenkrach von 1929. Ich habe noch den ganzen Vormittag zum Lernen, aber ich kann mich überhaupt nicht konzentrieren. Die Zahlen und Schaubilder tanzen vor meinen Augen. Bis jetzt hab ich nur kapiert, dass dieser verflixte Börsenkrach Millionen von Menschen in den Teufelskreis des Elends getrieben hat und die Mächtigen es trotzdem geschafft haben, sich auf Kosten der Armen zu bereichern. Es ist genau wie mit dem Kaiser und seinem Versprechen, die Soldaten würden zurückkehren, ehe noch das Laub von den Bäumen fällt. Es sind immer die kleinen Soldaten, die sich von Kugeln durchlöchern lassen, während die Mächtigen im Hintergrund bleiben, dort, wo es warm und trocken ist.

Patty greift nach dem schwarzen Fläschchen und fängt an, ihren großen Zeh zu lackieren. Ich verziehe das Gesicht. Schwarz, natürlich.

Heute vor genau einem Jahr sind Papa und Mama gestorben. Es ist ihr Jahrestag. Ein trauriger, schrecklicher Jahrestag ohne Kerzen, Kuchen und Luftballons.

Ich lege das aufgeschlagene Buch auf den Tisch. Die Oberstufe hat für mich etwas chaotisch begonnen, das muss ich zugeben. Meine Noten fahren Achterbahn, sie sind mal besser und mal schlechter, je nach Stimmungslage und meiner Zeitplanung an den Wochenenden. Dieses Wochenende zum Beispiel haben wir Dienst. Nachher klingelt Luigi und bringt Robinson samt seiner ganzen Babyausstattung vorbei: Autositz, Babywippe, Spielzeug, eine komplette Apotheke, Milchpulver-Dosen und Windeln.

Patty schraubt den schwarzen Nagellack wieder zu.

Ich traue mich nicht, ihr von dem Brief zu erzählen. Es ist bestimmt nicht der richtige Moment, trotzdem kann ich es kaum abwarten. Ich habe den Brief vor drei Tagen bekommen und seitdem trage ich ihn in der hinteren Tasche meiner Jeans mit mir herum wie einen Talisman. Es ist nicht der erste Brief, den Sander mir geschickt hat. Wir haben uns seit dem Ende der Ferien oft geschrieben, aber dieser Brief ist etwas Besonderes. Ich werde Patty später davon erzählen, wenn die Stimmung nicht mehr ganz so gedrückt ist.

Durch das Fenster betrachte ich die gelb verfärbten Blätter der Kastanienbäume. Der Herbst ist dieses Jahr ohne Vorwarnung gekommen, plötzlich war er da mit seinen Windböen und kalten Regenschauern. Seit dem 22. August, dem Tag, an dem Robinson offiziell zu existieren begonnen hat, scheint die Zeit schneller als sonst zu vergehen. Mit dem Besuch der Sozialarbeiterin hat alles angefangen. Erst konnte sie kaum glauben, was wir ihr von unserem Sommer erzählt haben, dann hat sie die Dinge in die Hand genommen. Der Vormundschaftsrichter, die Psychologin und sämtliche Behörden Frankreichs sind uns auf die Pelle gerückt. Patty und Luigi mussten Hunderte von Formularen ausfüllen und stundenlang in den Wartezimmern von Ärzten, sozialen Einrichtungen und Ämtern sitzen. Sie haben sich den Mund fusselig geredet, um alles zu erklären und eine Lösung zu finden. Nach der ganzen Aufregung stand ein letztes Gespräch mit dem Vormundschaftsrichter an. Wenigstens wird ihm mit der Familie Yazinsky nicht langweilig.

»Mado?«

Ich wende mich vom Fenster ab und sehe zu Patty.

»Analysierst du das Wetter, oder was? Ich dachte, du lernst für deinen BWL-Test …«

Ich zucke mit den Schultern. Seit die Schule wieder angefangen hat, überwacht Patty mich viel strenger als vorher. Ihre neue Verantwortung als Teilzeit-Mama hat auf unsere Beziehung abgefärbt: Sie kontrolliert meine Hausaufgaben, schickt mich um zehn Uhr ins Bett und geht sogar zu den Elternabenden! Wenn ich mit Jeanne ins Kino will, muss ich ihr sagen, welchen Film wir uns anschauen! Ich finde ja, sie übertreibt ein bisschen, aber ich will keinen Streit. Patty gibt sich so viel Mühe! Außerdem sollte ich mich lieber nicht mit ihr anlegen, wenn ich ihr nachher von Sanders Brief erzählen will …

»Du kannst mich ja abfragen«, schlage ich vor und stehe auf, um ihr das Buch zu bringen. »13. Kapitel.«

Patty greift nach dem Buch.

Zehn Minuten lang stellt sie mir Fragen, ich antworte, sie verbessert mich, ich fange noch mal von vorne an.

»Na ja«, sagt sie schließlich. »Du solltest dir das bis Montag lieber noch mal gründlich ansehen.«

Sie gibt mir das Buch zurück und schraubt das Fläschchen mit dem rosafarbenen Nagellack auf. Ich bleibe neben ihr sitzen und beobachte fasziniert, wie geschickt sie den Lack mit dem kleinen Pinsel aufträgt. Der Wechsel von Schwarz und Rosa verspricht wie immer ein sehr geschmackvolles Ergebnis!

»Mit etwas Farbe wirkt es weniger trist, findest du nicht?«, fragt Patty, als sie meinen erstaunten Blick bemerkt.

Ich nicke. Pattys Füße sind wie dieser Tag und unser neues Leben: halb Trauer, halb Babyprogramm. Eine seltsame Mischung.

Patty lächelt. »Weißt du was? Luigi will sich mit Robin für einen Babyschwimmkurs anmelden.«

»Tatsächlich?«

»Er hat es mir gestern am Telefon erzählt. Ich sollte meine Erlaubnis geben.«

»Und?«

»Weiß noch nicht. Das macht mir irgendwie Angst. Ich hab mal eine Reportage im Fernsehen darüber gesehen: Sie werfen die Babys einfach ins Schwimmbecken, und dann sollen die Eltern sie unter Wasser herumstrampeln lassen, bis sie von selbst wieder an die Oberfläche kommen. Das ist doch verrückt, oder?«

»Die Kursleiter wissen bestimmt, was sie tun.«

Patty seufzt.

»Robin braucht jetzt noch nicht schwimmen zu lernen. Er ist zu klein! Ich hab erst mit sechs schwimmen gelernt.«

Ich ziehe nachdenklich die Knie unters Kinn. Seit Patty

beschlossen hat, Robinson nicht zur Adoption freizugeben, nennt sie ihn nicht mehr »das Baby«. Stattdessen hat sie seinen Vornamen zu »Robin« abgekürzt. Das ist ihre Art, sich abzugrenzen.

»Weißt du noch, wie Mama uns früher mit ins Schwimmbad genommen hat?«, frage ich.

Patty nickt kurz.

»Ich fand das immer toll«, fahre ich fort. »Wir haben unter Wasser Delfin gespielt oder Ungeheuer von Loch Ness … Ich bin zwischen Mamas Beinen durchgetaucht und hab so getan, als wäre es eine Unterwasserhöhle. Papa ist fast nie mitgekommen … Glaubst du, er hat sich nicht gerne in Badehose gezeigt?«

Patty lackiert sich nicht länger die Fußnägel. Sie sieht mich an und ihr Gesicht bebt wie eine Kerzenflamme.

»Hör auf, von ihnen zu reden. Ich brauche keine Erinnerungen, Mado.«

»Doch«, widerspreche ich. »Wir brauchen Erinnerungen. Wir müssen uns an alles erinnern, an jedes Detail … Seit einer Weile sind ihre Gesichter ganz verschwommen, wenn ich an sie denke. Als würden sich die Konturen mit der Zeit in Luft auflösen. Ich habe Angst, irgendwann völlig zu vergessen, wie sie ausgesehen haben.«

»Hör auf, Mado!«

Ich schüttle den Kopf.

»Sie fehlen mir so sehr! Ich will von ihnen sprechen, ich will …«

Ich springe auf, mit einem dicken Kloß im Hals, und laufe zum Bücherregal mit den Fotoalben. Wahllos ziehe ich eins heraus.

»Wenn wir heute schon nicht zum Friedhof gehen, will ich wenigstens Fotos anschauen! Immerhin ist heute ihr Jahrestag. Wir müssen ihnen doch zeigen, dass wir an sie denken!«

Patty zuckt zurück und stößt mit dem Fuß die beiden Nagellack-Fläschchen um.

»Scheiße!«, ruft sie.

Der Nagellack ergießt sich zähflüssig auf den Couchtisch und die Farben vermischen sich. Schwarz und Bonbonrosa. Ich stehe wie gelähmt da, das Fotoalbum an die Brust gedrückt.

»Hol einen Schwamm!«, brüllt Patty mit Tränen in den Augen.

Ich renne in die Küche. Als ich mit dem Schwamm zurückkomme, liegt Patty zu einer Kugel zusammengerollt auf dem Sofa und wird von Weinkrämpfen geschüttelt. Ich sinke neben dem Tisch auf die Knie, von Kummer überwältigt.

»Entschuldige bitte«, schluchze ich. »Entschuldige …«

Wir weinen und schluchzen eine Weile, während der Schwamm den Nagellack aufsaugt und das Gewicht unserer Trauer uns systematisch mit großen, kalten Füßen zermalmt.

Genau in diesem Moment klingelt Luigi an der Tür.

Unsere Tränen versiegen augenblicklich. Patty sieht mich entsetzt an.

»Ich geh schon«, sage ich und fahre mit dem Pullover-Ärmel über meine Wangen.

Es kostet mich unglaublich viel Energie, in den Flur zu gehen, den Riegel zurückzuschieben und die Tür zu öffnen. Luigi steht freudestrahlend auf dem Treppenabsatz, mit Robinson im Arm. Als er mein verweintes Gesicht sieht, erlischt sein Lächeln.

»Oh«, sagt er nur.

Ich schlucke die letzten Tränen hinunter und bitte ihn mit einer Kopfbewegung herein. Luigi schiebt mit dem Fuß die große Stofftasche und die Wippe in den Flur. In den Falten seiner Jacke wirkt Robinsons rosiges Gesicht wie eine frische Blume. Ich atme einmal tief durch und schaffe es sogar, ihm zuzulächeln.

»Hallo, Pat…«, murmelt Luigi, als er ins Wohnzimmer kommt.

Meine Schwester ist nur noch ein Haufen Stoff, eine Puppe, eine kaputte Marionette mit leeren, verdrehten Augen. Ich lege die Hände auf ihre Schultern und sehe Luigi an.

»Heute ist der 12. Oktober«, sage ich als Erklärung.

Luigis buschige Augenbrauen ziehen sich zusammen, schnellen in die Höhe und sinken wieder über seine Augen herab. Er hat verstanden. Die umgekippten Nagellack-Fläschchen neben Patty, der Schwamm und das Fotoalbum sind Zeugen unseres Kummers.

»Sollen wir heute lieber tauschen?«, fragt Luigi. »Ich kann Robinson wieder mitnehmen, wenn dir das lieber ist.«

»Nein, nein!«, ruft Patty. »Gib ihn mir!«

Sie streckt die Arme nach ihrem Sohn aus, gleichzeitig schroff und zärtlich, wie sie es noch nie getan hat. Luigi knöpft Robinsons Jacke auf, nimmt ihm die Mütze ab und legt ihn sanft auf die Brust seiner Mutter. Sofort fängt Patty wieder an zu weinen.

»Er soll hierbleiben«, schluchzt sie. »Er soll …«

Luigi wirft mir einen panischen Blick zu.

»Wir schaffen das schon«, sage ich. »Es ist meine Schuld. Ich wollte Fotos anschauen, aber …«

Ich gehe um den Couchtisch herum, greife nach dem Album und stelle es so hastig ins Regal zurück, als hätte ich mir die Finger verbrannt. Auf dem Sofa beruhigt sich Patty allmählich. Sie streichelt Robinson über den Kopf.

»Er hat sich verändert«, sagt sie nach einer Weile.

»Findest du?«, wundert sich Luigi. »In zwei Tagen?«

Patty nickt. Das letzte Mal war Robinson am Mittwoch bei uns. Als ich ihn mir genauer ansehe, finde ich auch, dass er mehr Haare bekommen hat.

»Er hat heute Nacht ein bisschen gehustet«, berichtet Luigi. »Vielleicht hat er sich erkältet.«

»Ich frage den Arzt«, verspricht Patty. »Wir haben heute Nachmittag einen Termin.«

Das scheint Luigi zu beruhigen.

»Dann hole ich jetzt den Autositz von unten. Bin gleich wieder da.«

Er verlässt die Wohnung und ich setze mich aufs Sofa, dicht neben Patty und Robinson.

»Geht's wieder?«, murmle ich.

»Ja«, flüstert Patty.

Wir schweigen einen Moment. Ich habe das seltsame Gefühl, in der Luft zu schweben. Nach einem heftigen Weinkrampf fühle ich mich oft beinahe schwerelos, als würde ich unter Drogen stehen. Robinson ist ganz ruhig in den Armen seiner Mutter. Er blickt mit weit geöffneten Augen zur Decke.

So ist das also nun: Die gesamte Familie Yazinsky passt auf ein einziges Sofa. Was für eine schrecklich traurige Erkenntnis. Aber gleichzeitig ist es auch schön. Schrecklich schön. Wie ein Abenteuer, das beginnt, der Vorspann eines Films, die leere Seite am Anfang eines Buches. »Es waren einmal drei Yazinskys, drei kleine Waisenkinder, die an Bord eines Sofas zu einer großen Reise aufbrachen …« Ich muss lächeln. Vielleicht sollte ich diese Geschichte eines Tages tatsächlich schreiben.

Plötzlich öffnet Robinson den Mund, verzieht das Gesicht und niest. Patty zuckt zusammen und fängt an zu lachen.

»Hast du das gesehen? Er ist süß, wenn er niest!«

Ich lache auch. »… die an Bord eines Sofas zu einer großen Reise aufbrachen. An diesem Tag wehte der Wind so heftig, dass sie niesen mussten.« Ja, ich würde diese Geschichte wirklich gerne schreiben. Am liebsten würde ich mich sofort in mein Zimmer verziehen und loslegen.

»Bitte schön!« Luigi stellt den Autositz in den Flur. »Jetzt ist alles da.«

Er kommt ins Wohnzimmer und bleibt vor dem Sofa stehen.

»Kommt ihr auch ganz bestimmt klar?«

»Ja«, antwortet Patty. »Mach dir keine Sorgen.«

»Robinson hat sein letztes Fläschchen um neun Uhr bekommen. Wahrscheinlich hat er bald wieder Hunger.«

»In Ordnung.« Patty lächelt. »Ich könnte übrigens auch etwas zu essen vertragen.«

»Okay, dann hau ich jetzt ab.« Luigi schlägt den Kragen seiner Jacke hoch.

Als Patty aufsteht, hält sie Robinson gut fest. Inzwischen hat sie Übung darin, ihn zu halten, herumzutragen und sein Bäuerchen machen zu lassen. Sie ist längst nicht mehr so linkisch und ungeschickt wie am Anfang.

»Was gibt es heute zum Mittagessen?«, fragt sie mich.

»Eine Lachs-Quiche«, sage ich. »Ich hab sie gestern Abend schon vorbereitet, wir brauchen sie nur noch in den Ofen zu schieben.«

Patty sieht Luigi ernst an.

»Hättest du Lust, mit uns zu essen?«

Luigi macht ein überraschtes Gesicht. Er scheint nicht zu wissen, was er antworten soll. Die letzten Male war die Stimmung zwischen ihm und meiner Schwester ziemlich eisig. Er ist es nicht mehr gewohnt, freundlich von ihr behandelt zu werden.

»Es ist der 12. Oktober«, sagt Patty mit Nachdruck. »Je mehr Leute wir sind, desto besser. Meinst du nicht auch, Mado?«

Ich nicke.

»Wenn das so ist, gerne.« Luigi lächelt.

Patty wirkt erleichtert. Sie nickt zum Esszimmer hinüber.

»Wir sollten eine Tischdecke auflegen und die guten Weingläser nehmen. Im Keller müssten irgendwo noch ein paar Flaschen Wein sein. Papa hatte immer einen kleinen Vorrat.«

Ich starre sie verdutzt an.

»Was ist?«, fragt Patty. »Feiern wir heute einen Jahrestag oder nicht?«

12. Oktober, abends

Meine lieben Eltern,

dies ist mein letzter Brief an euch mit ein paar Neuigkeiten aus der Welt der Lebenden … In Zukunft möchte ich statt Briefen Geschichten schreiben. Sie sollen gleichzeitig für euch und für andere sein. Für Robinson, zum Beispiel, wenn er alt genug ist, sie zu hören. Aber heute Abend will ich euch erst mal alles Gute zum Jahrestag wünschen. Ab jetzt werden Patty und ich immer am 12. Oktober gemeinsam mit Luigi und Robinson feierlich zu Mittag essen, so wie heute. Mit Wein (für mich gab es Cidre), Kerzen und Musik. Das ist ein Versprechen, das wir uns gegeben haben, und wir werden es halten.

Ich hoffe, es geht euch gut, wo immer ihr seid, also überall und nirgends. Bestimmt empfindet ihr dort weder Hitze noch Kälte oder Schmerz. Da habt ihr es besser als wir. Selbst Robinson weiß schon, wie sich Schmerz anfühlt … Heute hat er beim Kinderarzt eine Impfung bekommen. Der Arme! Patty war sehr tapfer. Obwohl sie sonst schon beim Anblick einer Injektionsnadel fast in Ohnmacht fällt, ist sie bei ihm geblieben und hat ihn gehalten. Der Arzt sagt, Robinson sei ein rundum prächtiges Baby. Er isst gut, wächst und gedeiht und ist gleichzeitig lebhaft und ruhig. So viel Lob erfüllt mich unwillkürlich mit Stolz … Schließlich habe ich ihm auf die Welt geholfen, oder?

Ihr sollt auch stolz auf mich sein.

Wie ich euch kenne, wollt ihr wahrscheinlich nur, dass Patty und ich trotz allem glücklich sind. Das ist nicht leicht, aber wir geben uns Mühe. Robinson ist ein erster Schritt auf unserem Weg zum Glück, da bin ich mir sicher. Er schläft gerade mit Pat nebenan, während ich euch schreibe. Draußen ist es windig. Der Regen trommelt gegen das Fenster. Hier drinnen ist es warm und trocken und ich fühle mich sicher und geschützt.

Mein ganz persönliches Glück ist der Brief von Sander. Ich hatte noch keine Gelegenheit, Patty davon zu erzählen, aber ich verrate euch schon mal, was drinsteht: Sander hat mich eingeladen! Ihr wisst ja, dass Sander und ich in Kontakt geblieben sind. Jedes Mal, wenn ich seine Stimme am Telefon höre oder ein Brief von ihm im Briefkasten liegt, schwebe ich wie auf Wolken. Außerdem mache ich seinetwegen große Fortschritte in Englisch! Die Liebe kann ganz schön praktisch sein, was?

Sander hat mich eingeladen, die Herbstferien bei ihm in Amsterdam zu verbringen. Britt ist einverstanden, wenn Patty mir die Reise erlaubt. Ich habe Angst davor, es ihr zu sagen … Es könnte sie verletzen, auch wenn sie nicht mehr so oft an Daan denkt. Außerdem lasse ich sie nur ungern eine komplette Woche allein. Sie müsste sich dann ohne mich um Robinson kümmern … Was sagt ihr dazu?

Ich hebe den Kopf und schaue zur Wand. Die beiden Gesichter sind immer noch da, reglos und verständnisvoll. Ich versuche zu erraten, was in ihren Papierköpfen vor sich geht, um eine Antwort zu bekommen. Es sind noch ungefähr zehn Tage bis zu den Ferien. Ich sehe mich schon in den Zug steigen, Sander wartet am Bahnsteig auf mich und wir fallen einander in die Arme … Ich schaudere. Habe ich das Recht auf dieses Glück, ein Glück nur für mich allein, egoistisch und unbeschwert?

Nach den Ferien fängt Patty wieder an, im Restaurant zu arbeiten. Die Sozialarbeiterin hat dafür gesorgt, dass sie Mutterschutz bekommt, aber alles Gute geht irgendwann zu Ende, stimmt's? Die Stadtverwaltung hat uns ganz oben auf die Warteliste für einen Krippenplatz gesetzt. Das wird eine ganz schöne Umstellung! Luigi und Patty werden die Wochen weiterhin unter sich aufteilen, wie geschiedene Eltern. Auch wenn sie nie verheiratet waren und nie zusammenleben werden, können sie es bestimmt schaffen, gute Eltern für Robinson zu sein.

Luigi ist wirklich nett. Ihr hättet ihn bestimmt gemocht.

Die nächste Pause. Der Wecker auf meinem Nachttisch zeigt 0.23 Uhr. Meine Augen brennen, ich bin zum Umfallen müde. Und morgen werde ich gegen sechs Uhr früh wieder von Robinsons Geschrei geweckt … Man muss wirklich in Topform sein, um den Ansprüchen eines Babys gerecht zu werden!

Ich höre jetzt auf zu schreiben. Da dies mein letzter Brief an euch ist, möchte ich euch noch etwas sagen: Ich werde euch immer lieben. Danke, dass ihr mir das Leben geschenkt habt. Das habe ich in der letzten Zeit gelernt: Auch wenn das Leben manchmal furchtbar schwer ist, lohnt es sich durchzuhalten! Für Robinson, der eines Tages mit einem roten Helm Fahrrad fahren wird, für Patty, die die tollste und erstaunlichste Schwester der Welt ist, für Luigi … und für Sander.

Danke.

Eure Mado

EPILOG

23. Oktober, Gare du Nord

Als ich in den Zug steige, habe ich endlich das Gefühl, dass alles wieder seinen gewohnten Gang geht. Ich, Mado Yazinsky, fahre weg und lasse Patty, Luigi und Robinson auf dem Bahnsteig zurück. Ich befreie mich von dem Gewicht, das auf meinen Schultern lastet. Das ist gar nicht so leicht, wenn man sich von Natur aus ständig Sorgen macht, aber mit der Zeit werde ich schon lernen, einfach weiterzuatmen und unbeschwerte Dinge zu tun.

Ich hieve die Reisetasche in das Gepäckfach über meinem Sitz und setze mich ans Fenster. Ich drücke die Nase gegen die Scheibe. Auf dem Bahnsteig steht Patty und winkt. Bei ihrem Anblick schüttele ich den Kopf. Mit ihren ultrahohen Absätzen, dem engen, bauchfreien T-Shirt (in ihrem Bauchnabel funkelt endlich das Piercing ihrer Träume!) und der Strickjacke, die bis zu den Knien reicht, sieht sie immer noch nicht wie die typische Mutter aus *Mein erstes Baby* aus. Aber auf ihren Lippen liegt dieses Lächeln … Ein Lächeln, in dem sich das Vertrauen zeigt, das Patty wieder zum Leben gefasst hat.

Der Zug fährt los. Auf Wiedersehen, bis bald! Vergesst

nicht, Robinson seine Zäpfchen zu geben! Vergesst nicht, mich abzuholen, wenn ich zurückkomme!

Ich drehe mich vom Fenster weg und sehe nach vorn. Dieses Mal wird es klappen. Der Zug wird nicht umkehren, und nur eine mittelschwere Naturkatastrophe könnte mich davon abhalten, die verdammte Grenze zu passieren!

Mein Herz klopft zum Zerspringen in meiner Brust. Ich bin fast sechzehn, habe das ganze Leben vor mir, eine Menge Geschichten im Kopf und eine Liebe, die im Land der Windmühlen auf mich wartet.